KB261385

왕자의 특권

아멜리 노통브 소설 ㅣ 허지은 옮김

문학세계사

옮긴이 · 허지은
연세대학교 졸업. 프랑스 파리 라 빌레트 국립건축학교에서 유학.
현재 전문 번역가로 활동하고 있음.
번역한 책으로는 『줄리아의 즐거운 인생』『인생벌레 이야기』
『위로』『손을 씻자』『롱기누스의 창』
『초콜릿을 만드는 여인들』 등이 있음.

왕자의 특권
아멜리 노통브 지음

•

초판 1쇄 발행일   2009년 9월 21일
3쇄 발행일   2012년 11월 15일

•

옮긴이 · 허지은
펴낸이 · 김종해
펴낸곳 · 문학세계사

•

주소 · 서울시 마포구 신수동 345-5(121-110)
대표전화 · 702-1800 ┃ 팩시밀리 · 702-0084
mail@msp21.co.kr   www.msp21.co.kr
출판등록 · 제21-108호(1979.5.16)
값 10,000원

ISBN 978-89-7075-471-0   03860

Le fait du prince

Amélie Nothomb

Le fait du prince
by
Amélie Nothomb

왕자의 특권

왕자의 특권

“만약에 누가 선생님 집에 찾아왔다가 느닷없이 죽으면, 절대 경찰에 신고하지 마세요. 택시를 불러 타고, 친구가 몸이 불편하니 병원으로 가자고 하세요. 사망은 응급실에서 확인될 테고, 그러면 선생님은 그 사람이 병원으로 오는 길에 죽었다는 사실을 증명해 줄 확실한 증인을 확보할 수 있어요. 그렇게 하면 일은 조용히 마무리되는 거지요.”

“저라면 경찰을 부를 생각은 하지 않을 겁니다. 의사를 부르죠.”

“그렇게 해도 결국엔 마찬가지예요. 의사나 경찰이나 다 한통속이거든요. 별 관계도 없는 사람이 선생님 집에서 심장마비를 일으켰다면, 선생님은 아주 유력한 용의자가 되는 겁니다."

"심장마비로 죽었는데, 용의자는 무슨 용의자요?"

"사인(死因)이 심장마비로 확인될 때까지, 선생님 집은 범죄의 현장으로 간주됩니다. 아무것도 건드릴 수가 없어요. 경찰들이 집에 쳐들어와서 시신이 발견된 지점을 분필로 표시할 수도 있죠. 집에 있어도 집에 있는 거라고 할 수가 없지요. 경찰들이며 관계자들이 선생님에게 별의별 질문을 다 해댈 거예요. 그것도 똑같은 질문들을."

"아무 죄가 없는데 뭐가 문제란 말인가요?"

"선생님은 무죄가 될 수 없어요. 누군가가 선생님 집에서 죽었으니까."

"사람은 어디서든 죽게 마련인걸요."

"극장도 아니고, 은행도 아니고, 자기 침대도 아닌 선생님 집에서 죽었다니까요. 멀쩡하게 잘 있던 그 누군가가 하필 선생님 집에 와서 죽었어요. 우연은 존재하지 않아요. 선생님 집에서 사람이 죽었다면, 선생님은 분명히 관련이 되어 있는 거예요."

"그럴 리가요. 그 사람이 제가 모르는 어떤 극한 감정에 휘말린 거겠죠."

"하필이면 그 감정을 선생님 집에서 느꼈다는 게 고약

한 거지요.. 경찰서에 가서 그런 소리를 해 보세요. 설명에 설명을 거듭한 끝에 경찰측에서 선생님을 믿어준다 칩시다. 하지만 그 동안 시체는 선생님 집에 있을 겁니다. 현장에 보존해 두는 거지요. 그 사람이 선생님 집 소파에서 죽었다면, 그 소파에 다시는 앉을 수 없을 겁니다. 식탁에서 죽었다면, 죽은 사람과 같이 밥을 먹을 수 있어야 해요. 시체와 함께 살아야 한다는 말이지요. 그래서 하는 얘깁니다. 다시 한 번 말하지만 택시를 부르세요. 신문에서 못 봤나요? '아무개 씨가 병원으로 이동 중인 차량 안에서 사망했다.' 솔직히 이상하지 않나요? 아무나 탈 수 있는 택시 안에서 죽다니. 취미치고는 대단한 악취미가 아니냐는 말이죠. 참, 이미 눈치채셨겠지만 선생님 차를 이용하면 안 됩니다."

"편집증이 과하신 것 같은데요?"

"카프카 이후로 다들 알고 있는 사실이에요. 사람은 두 가지 중 하나지요, 편집증 환자, 아니면 범죄자."

"그렇다면, 아무도 집에 들여놓지 않는 것이 상책이겠군요."

"그렇게 말하는 것을 들으니 기쁩니다. 그래요. 아무도 집에 들이지 않는 게 낫지요."

“이것 보세요, 우리가 지금 뭘 하고 있는 것 같습니까?”

“초대를 받았지, 초대를 한 건 아니잖아요. 선생님이나 내가 영악한 거예요. 이 집주인이 자기 집에서 우리가 죽을지도 모르는 위험에 대해 생각해 보았을까요?”

“선생은 아주 건강해 보이시는데요.”

“다들 그렇게 생각하죠. 하지만 잘 알고 계실 텐데요. 사람은 일이 벌어지고 나서야 아차 하죠. 혹시 압니까? 살 날이 얼마 남지 않았을지. 그 시간을 세속적인 즐거움에 쏟아 부어서는 안 되지요.”

“그렇다면, 선생이 여기에 계신 이유는 뭡니까?”

“나는 선생님도 같은 이유로 이 자리에 있을 거라 생각합니다. 바로 거절하기가 힘들기 때문이죠. 그 의문은 집주인이 우리를 왜 초대했는가 하는 문제보다는 덜 복잡하지요.”

“말씀이 지나치시네요.”

“선생님에게만 해당되는 것이 아니에요. 지금 이 자리에 있는 다른 사람들도 다 마찬가지랍니다. 여기에 모인 이 똑똑한 사람들 말이에요. 겉으로 보기엔 서로에게 호감을 보이고 있는 것 같지만, 아니 심지어는 우정을 나누고 있는 것 같아 보이지만, 사실은 서로 나눌 이야기가 하나도 없다는 게 이상하지 않나요? 사람들이 하는 이야기를 들어보세요. 나이 스물다섯이 넘고 나면, 사람들 사이의 모든 만남은 반복에 불과해요. 누군가가 선생님에게 말을 붙이면 머릿속에 이런 생각이 들 겁니다. '이런, 이걸로 벌써 226번째 반복이로군.' 얼마나 지겨워요. 이런 걸 죄다 알고 있는 내가 오늘 저녁 여기에 온 이유는 딱 하나. 뭔고 하니, 집주인과의 사이가 틀어지는 게 싫어서지요. 저이들은 내 친구들입니다. 저 친구들이 하는 이야기에 도통 흥미를 느낄 수 없긴 하지만."

"아무리 친구 사이지만, 예의도 안 지킨단 말입니까?"

"절대 아니죠. 무슨 이유로 날 계속 초대하는지, 난 이해할 수가 없어요."

"아마 선생의 주장을 반박하는 최고의 반증된 예를 몸소 보여주시기 때문이 아닐까 싶네요. 방금 하신 죽음에 관한 이야기 말입니다, 전 그런 이야기는 정말 처음 들어보았습니다."

나는 무척이나 즐거운 저녁시간을 보냈다는 사실에 마음이 들떠 집으로 돌아왔다. 죽음에 관한 이야기는 언제나 흥미진진하다. 나는 살아남은 자만이 누릴 수 있는 단잠의 기쁨을 누렸다.

아침 아홉시쯤, 두 잔째 커피를 마시려는데 초인종이 울렸다. 인터폰을 통해 낯선 목소리가 들렸다.

"자동차가 고장이 나서 그러는데요, 댁의 전화를 좀 써도 되겠습니까?"

순간적으로 당황해 문을 열었더니 웬 중년 남자가 들어왔다.

"이렇게 막무가내로 쳐들어와서 죄송합니다. 제가 휴대폰이 없어서요. 근처에 있는 공중전화도 고장이 났더군요. 물론 통화료는 드리겠습니다.”

“그러실 필요 없습니다.” 나는 이렇게 말하며 전화기를 건네주었다.

남자가 수화기를 받아들고 전화번호를 눌렀다. 그런데 상대방의 응답을 기다리던 그가 풀썩 쓰러지고 말았다.

나는 기겁을 하며 쓰러진 남자 옆에 주저앉았다. 수화기 너머로 가물가물하게 ‘여보세요? 하는 목소리가 들렸다. 나는 반사적으로 전화를 끊었다. 그리고 남자를 마구 흔들었다.

“이봐요! 이봐요!”

나는 엎어진 그의 몸을 뒤집어 바로 눕혔다. 입을 헤벌린 남자의 얼굴은 얼이 빠져 있었다. 볼을 때려보았다. 반응이 없었다. 물을 한 컵 떠 와서 마시게 하려 했으나 소용없었다. 남은 물을 남자의 얼굴에 뿌렸다. 그래도 남자는 꿈쩍하지 않았다.

맥을 잡아보았다. 혹시나 했더니 역시나. 나는 의사가 아니라 사망을 확인하는 방법 같은 걸 잘 알지는 못한다. 하지만 죽은 사람 앞에 설 때면 매번 아주 심하게 거북해지곤 했다. 상대가 참을 수 없을 정도로 뻔뻔하게 느껴졌던 것이다. 언제나 이런 말을 하고 싶어 좀이 쑤셨다. “이

것 봐요, 이게 뭐 하는 짓이요! 정신 차려요! 모두가 당신
처럼 두 손 두 발 다 놓고 있으면 어떻게 될지 생각이나 해
보셨소!" 고인이 아는 사람이면, 상황은 더 나빠진다. "이
러는 건 너답지 않아." 사랑하는 사람이 죽어 내 곁을 떠
났을 때, 불안하다 못해 불길한 기분에 휩싸이는 경우에
대해서는 언급하지 않으련다.

이 경우, 죽은 남자는 친구도 아니었고 내 곁을 떠나지
도 않았다. 그는 인생의 이 특별한 순간을 맞이할 장소로
내 집을 선택했다.

생각이나 하고 있을 때가 아니었다. 나는 남자의 손에
서 수화기를 빼앗았다. 그런데 구조대를 부르려다가 흠칫
동작을 멈췄다. 어젯밤의 대화가 떠올랐던 것이다.

'이런 우연이 다 있나!'

전날 밤에 이야기를 나누었던 사람의 조언을 따라야 할
까? 그는 그저 듣는 상대의 기선을 제압하기 위해 충격적
인 이야기를 늘어놓는 속물이 아니었던가? 구조대를 부
르고 싶은 마음이 굴뚝같았다. 알지도 못하는 사람의 시
신과 함께 혼자 있게 되다니. 그것도 몸집이 만만치 않게
커다란 시신과. 20년 동안이나 집안 식구들끼리 다투는
시시콜콜한 소리를 들어온 옆집 사람도 일단 죽음의 강을

사이에 두면 모르는 사이가 되고 마는 법이다. 이런 경우
엔 옆에 누군가 좀 있었으면 좋겠다 싶었다. '나한테 무슨
일이 일어났는지 똑똑히 보셨죠?' 라고 말할 수 있는, 증
인이 되어 줄 만한 사람이.

증인이라는 단어를 떠올리자 당황스러워졌다. 어느 누
구도 내가 당한 어처구니없는 일에 대한 증인이 되어 주
지 못할 것이다. 어젯밤에 대화를 나누었던 남자에게서
누군가가 집에 찾아왔다가 죽을 수도 있다는 이야기를 들
었다. 그러나 어디까지나 그건 가상의 일이었다. 지금 이
순간 내 주위에는 나의 결백함을 확인해 줄 제삼자가 한
명도 없었다. 나는 그야말로 유력한 용의자였다.

하지만 이대로 있을 수는 없었다. 웬 궤변론자가 내게
주입한 이런 말도 안 되는 두려움을 깨끗이 떨쳐버려야만
했다. 그러기 위해서라도 구조대를 불러야 했다. 나는 전
화기를 향해 손을 뻗었다.

이런 동작을 하는 누군가를 분명히 봤는데, 그게 누구
였더라? 아, 죽은 남자였지. 그런 것에 미신적인 의미를
부여한 것은 아니었다. 단지, 그가 어떤 전화번호를 눌렀
고 누군가가 그 전화를 받았다는 사실이 기억났을 뿐이었
다. 만일 내가 어딘가에 전화를 걸면, 죽은 남자가 어디에

전화를 걸었는지 알아볼 수 있는 유일한 방법, 즉 '재다이얼' 버튼을 눌러볼 수 있는 기회를 영영 놓치게 되는 셈이었다.

상대가 누구였는지는 어렵지 않게 상상할 수 있었다. 카센터 주인에게 전화를 했던 것이었을 테니까. 하지만 죽은 남자는 전화번호를 외우고 있었다. 대체 누가 카센터 전화번호를 외우고 다닌단 말인가? 있을 수 없는 일은 아니었지만 나로서는 납득이 가지 않는 일이었다.

그런데, 기억을 되짚어보니 수화기 너머로 들리던 '여보세요?'라는 목소리는 여자 목소리였다. 여자가 카센터를? 죄송하다. 잠시 마초 같은 생각을 했다. 그래, 여자라고 카센터 주인이 되지 말란 법이 어디 있단 말인가?

카센터 전화번호를 가르쳐달라고 아내에게 전화를 했을 가능성도 생각해볼 만했다. 그렇다면 재다이얼 버튼을 누르는 것으로 충분했다. 그렇게 해서 아주머니, 방금 과부가 되셨습니다, 라고 알려주면 그만이었다. 그런데 그런 일을 해야 한다고 생각하니 덜컥 겁이 났다. 그런 짐을 짊어지고 싶지는 않았다.

문득 호기심이 생겼다. 모르는 사람의 신분증을 보아도 되는 걸까? 내게 그럴 권리가 있나? 점잖지 못한 짓인 것 같았다. 하지만 이 남자의 행동 역시 점잖지 못했다는 데에 생각이 미쳤다. 내 집에 와서 죽다니, 이렇게 그냥 덜컥 죽어버리다니, 나를 이런 상황에 빠뜨려버리다니, 얼떨결에 문을 열어준 나에게 이런 짓을 하다니! 더 이상 망설일 이유가 없었다. 나는 죽은 남자의 가슴께에 있는 호주머니에 들어 있던 지갑을 꺼냈다.

신분증을 보고 나는 그의 이름이 올라프 질더라는 사실을 알았다. 국적은 스웨덴. 머리색은 밤색, 체격은 퉁퉁한 편. 내가 갖고 있던 북구 사람의 이미지와는 많이 달랐다. 게다가 그는 외국인의 티가 전혀 나지 않는 우리말을 구사하고 있었다. 1967년 스톡홀름생—태어난 해는 나와 같군. 나보다 나이가 더 들어 보이는 건 살집이 있어서 그런 것일 테고. 직업은 스웨덴어로 씌어 있어서 읽을 수가 없었다. 사진 속의 그는 시체로 변한 지금과 별 다름 없는 어벙한 표정을 짓고 있었다. 원래 표정이 그런가 보았다.

주소는 스톡홀름으로 되어 있었다. 프랑스 어딘가였으면 좋았으련만. 그래 보았자 내게는 도움이 되지 않았을 테지. 무슨 도움인지는 나도 모르겠다. 지갑 속에는 신분증 말고도 50유로짜리 지폐로 돈 1,000유로가 들어 있었다. 토요일 아침인데, 대체 이런 거액을 가지고 어딜 가는 중이었단 말인가? 그것도 빳빳한 신권을 들고.

이왕 시작한 김에, 나는 그의 바지 주머니도 뒤져보았다. 열쇠 꾸러미가 나왔는데 자동차 열쇠도 같이 매달려 있었다. 콘돔도 몇 개 나왔다. 이거야 원.

그의 차를 보고 싶었다. 나는 열쇠를 들고 밖으로 나왔다. 길가에 주차되어 있는 차들 중에 재규어 한 대가 눈에 번쩍 띄었다. 열쇠구멍에 열쇠를 넣어보았다. 빙고. 운전석에 앉아 조수석 앞의 사물함을 열었다. 자동차 등록증. 올라프 질더는 베르사유에 살고 있다고 되어 있었다. 그 외에는 눈여겨볼 만한 것이 없었다. 나는 시체가 기다리고 있는 내 집으로 돌아왔다. 은밀히 나를 반기는 시체.

"올라프, 자네를 어쩌면 좋지? 응?"

그는 대답하지 않았다.

마음 속의 목소리가 다시 한 번 의무감을 부추겼다. 경찰이나 구조대를 불러야 한다고. 그러나 나는 내가 그러지 못하리라는 것을 확실히 알고 있었다. 우선, 이제는 더 이상 내가 무죄라는 느낌이 들지 않았다. 내가 그의 자동차를 타보았다는 사실은 쉽게 밝혀질 터였다. 그 호기심을 어떻게 변명할 것인가? 게다가 그의 지갑을 뒤져 보았다. 신분증만 본 것이 아니었다. 악마의 유혹에 굴복해 경솔한 짓을 저질렀던 것이다.

올라프가 자기를 방어할 수 없었다는 점에서 내가 한 일이 더더욱 부끄러웠다. 애써 억누르고 있던 마음 속의 목소리들이 정체불명의 사나이에 대해 이러쿵저러쿵 하는 소리가 머릿속에 울려 퍼졌다. "자, 자, 진정하라고. 이 바이킹의 후예는 말이지, 더 나쁜 상황에 빠질 수도 있었어. 자네는 이 자의 옷을 벗기지도 않았고 돈을 훔치지도 않았어. 아직은." 그 '아직'이라는 말이 얼마나 혐오스럽던지.

내가 이토록 추악한 생각을 하다니, 그건 죽은 시체가 바로 옆에 있어서일까? 죽은 사람을 본 게 이번이 처음은 아니었다. 그러나 죽음이라는 경험을 함께 한 것은 처음이었다. 죽은 사람과 이렇게 긴밀한 관계를 맺은 건 처음이라는 말이다. 게다가 누군가가 죽었다는 사실을 혼자만 알고 있는 것도 이번이 처음이었다.

내가 전화를 하지 않기로 결심한 이유가 또 있었다. 이 시체는 내거다. 난생 처음으로 뭔가를 발견했는데, 진짜로 혼자 발견했는데, 그게 이 남자의 죽음이었다. 이 사람에 관해 내가 알고 있는 사실을 알고 있는 사람은 아무도 없다. 지금 자기에게 무슨 일이 일어났는지 더 이상 알 수 없다는 전제하에선, 그 자신조차도 모르는 것이다.

이런 뜻밖의 발견을 남에게 알려야 하나? 점점 더 그러기가 싫어졌다. 두려움이 가신 이후로, 이젠 더 이상 낯설지 않은 이 남자와 함께 있다는 사실이 차츰 편안해졌다.

다시 어젯밤에 나눈 이야기가 생각났다. 스물다섯 살이 넘으면 사람을 만나는 게 그저 반복일 뿐이라고 했던가. 당치않은 소리다. 나는 나이 서른아홉을 바라보고 있지만 올라프 질더와의 만남은 처음 해 보는 경험이었다. 그를 본 순간 나는 뭐 이런 무례한 작자가 다 있나, 라는 생각을 했다. 역시 선입견을 가져서는 안 되는 것이다. 그의 어벙한 얼굴이 곧 친근해졌다. 내 집에 쳐들어와 몸을 내맡기다니, 그건 거의 감동스럽기까지 했다.

마음 속의 목소리가 나를 비웃었다. 조만간 올라프와 함께 사는 게 진저리 날 거라고. 몸에서 슬슬 냄새가 나다가 썩은 내를 풍기며 퉁퉁 부어오를 테니 두고 봐. 그래도 그건 시작에 불과해. 칠월 삼복더위의 푹푹 찌는 날씨는 또 어떡하려고. 탐정소설이 따로 없었다. 중요한 문제를 해결해야 했다. 시체를 어떻게 처리한다?

나는 범죄자처럼 머리를 쓰고 있었다. 극한 상황에 몰리다 보니, 머리가 핑핑 돌아갔다. 형이상학적으로 생각해볼 때, 나는 살아 있다는 것 외에는 올라프와 그리 다르지 않았다. 언젠간 나도 죽은 자들의 나라에 입성해 그를 만나겠지. 그때 난 이 난봉꾼의 어깨를 툭툭 치며 이런 말을 할까 한다. "자네 때문에 얼마나 놀랐는지 몰라!" 우리 둘을 갈라놓고 있는 것은 신화 속에 등장하는 죽음의 강뿐이었다. 더 심각한 건 없었다.

이런 황당무계한 생각이 차츰 구체적으로 다가오기 시작했다. 그런 생각을 하는 내 자신이 놀라울 따름이었다. 만약 신분증을 꺼내고 시체를 당분간 여기 이대로 놔두면 내가 죽은 걸로 될 수 있지 않을까. 나이도 비슷하겠다, 같은 유럽 사람이겠다. 머리색도 갈색으로 별 차이가 없었다. 그의 신분증을 다시 들여다보았다. 신장 1미터 81센티. 나와 똑같군. 몸무게는 15킬로 정도 더 나가보이는데, 그거야 뼈대만 남아 발견되면 문제가 되지 않겠지. 구더기들이 만찬을 벌인 후에는 이 올라프도 시체 표준 사이즈로 아주 날씬해질 테니까. 게다가 내 사는 꼴로 미루어 보건대, 모두들 한참 후에나 내가 죽었다는 걸 알게 될 게 뻔했다.

이런 터무니없는 생각을 쫓아버리기 위해 고개를 세차게 흔들었다. 이건 나의 고질병이다. 말도 안 되는 생각이 떠오르면, 웃어넘기는 대신 심각하게 몰입하는 것. 어쩌면 나의 뇌가 가능한 것과 원하는 것을 구별하지 못하는지도 모르겠다. 게다가 난 가능한 것에 대해서는 퍽이나 관대한 편이다.

꾸물거릴 틈이 없었다. 어젯밤에 만난 그 남자의 충고대로 해야 했다. 올라프를 내게 보낸 건 운명의 소행임에 틀림없었다. 그런즉, 택시를 불러 타고 응급실로 직행해야 마땅했다. 몸이 좋지 않은 낯선 이와 함께. 사망은 병원에서 확인되겠지. 재규어 안에서 나의 흔적이 발견된다 해도, 별로 문제될 건 없으리라 본다. 좀 이상하겠지만, 아니 구차할지도 모르지만 난 진실을 말할 참이다. 그게 뭐 비난받을 일도 아니고. 길 가던 사람이 다짜고짜 집에 들어와 털썩 쓰러졌는데, 그런 상황에서 당황하지 않을 사람이 어디 있겠느냐고 주워섬기면 그만이다. 그럼 다들 내 편이 되어 주겠지. 나는 결심을 굳혔다. 그런데 바로 그 때, 전화벨이 울렸다.

그처럼 무시무시한 소리는 처음이었다. 마치 그 벨소리가 나의 유죄를 증명해주기라도 하는 것 같았다. 매일 듣는 익숙한 소리, 매일 벌어지는 소동, 혹은 즐거운 잡담의 동의어인 그 소리가 더 이상은 그런 의미와 아무런 공통

점이 없게 되었다. 나는 공포에 사로잡히기 시작했다. 제발 좀 멈춰줘! 심장이 찢어질 것만 같단 말이다! 숨이 멈출 지경에 이르러, 저 전화가 어쩌면 올라프가 통화를 하려고 했던 사람이 건 것일지도 모른다는 생각이 들었다. 전화번호가 남아 있는 것을 보고 상대를 확인하고 싶었던 것일지도.

그러니까 더더욱 전화를 받지 말아야 했다. 자동응답기가 없어서 천만다행이었다. 마침내 벨소리가 멈췄다. 나는 몸을 와들와들 떨다가 소파 위에 길게 뻗어버렸다. 그런데 전화벨이 다시 울리는 것이었다. 나는 수화기를 들어 관자놀이에 가져다 댔다. 자살하려는 사람의 모양새로. 목멘 소리로 나는 의례적인 말을 중얼거렸다.

"보르다브 씨?"

"그런데요."

"브루네슈 씨예요, 선생님 단골 포도주상."

뭐라는 거야? 게다가 자기 이름에 '씨'를 붙이다니. 시골사람이 틀림없었다.

"누구라고요?"

"기억 안 나세요? 바로 지난 번 포도주 축제 때에도 보셔놓고선."

나는 아무 대답도 하지 않았다. 그러자 상대는 내 기억에는 흔적조차도 없는 이른바 우리 둘이 함께 나눈 추억에 대해 떠들어댔다. 그가 주장하길, 내가 고객 중에서도 엄청난 고객이라나. 6개월 전, 포르트 드 샹페레에서 열린 포도주 축제에서, 내가 2003년도 산(産) 제브레 샹베르텡을 한 박스나 샀단다. 그리고는 자기를 잊었을 수도 있다, 얼마든지 이해한다, 하지만 그 포도주만큼은 기억이 날 거다, 이러는 거였다. 나로서는 깜깜한 일이었다. 곧 나는 이것이 포도주상 빙자 현금 사기라는 사실을 눈치챘다.

"제가 포도주 값을 어떻게 치르던가요?"

"현금이죠. 선생님은 늘 현금으로 계산을 하십니다."

갈수록 태산이다. 내가 빌딩 한 채 값은 너끈히 나가는 포도주를 현금을 주고 산다니. 그것도 자주. 나는 그가 말하는 그 보르다브는 내가 아니라고 했다.

"밥티스트 보르다브 씨가 아니라고요?"

"맞는데요."

"그것 보세요."

"그럼 동명이인인가 보죠."

"이 전화번호를 제가 어떻게 알았겠습니까? 선생님이 직접 적어주셨으니까 알았지."

스멀스멀 움직이는 모래 속으로 빠져들고 있는 느낌이었다. 일단 빠지면 아무것도 보이지 않는 모래 속으로. 포도주상에게 내 인상착의를 물어보고 싶었으나 감히 그럴 엄두가 나지 않았다. 발치에 시체가 누워 있는 한, 그런 괴상망측한 질문으로 주의를 끌 수는 없었다. 이런 게 용의자의 심정일까.

"이만 실례해야겠군요. 가족 모임에 가 봐야 해서." 나는 이렇게 둘러댔다.

그는 알겠다면서 방해해서 미안하다고 말했다. 마지막으로 자기가 지금 기가 막힌 뫼르소 적포도주를 입고해놓았으니 시간을 갖고 한 번 생각해 보라며 전화를 끊었다.

포도주상을 떼어버린 다음, 나는 바닥에 누워 있는 올라프를 물끄러미 쳐다보았다. 그리고 확실하게 알게 되었다. 포도주상의 전화가 나의 인생을 이전과 이후로 나누어버렸음을. 앞으로 펼쳐질 이후의 삶. 나를 불안하게 만드는 이전의 삶.

나는 누구인가? 너무나도 막연한 이런 질문에 대답을 할 수 있는 사람은 아무도 없을 것이다. 내 스스로에게 물어보아도, 가장 완곡하게 에둘러 물어보아도 답을 찾을 수는 없었다. 예를 들어 이런 질문을 해 보자. 토요일 아침에 난 뭘 하려고 했었나? 웬 북구 사람이 내 집 거실에 걸어 들어와 죽지 않았다면, 무엇을 하며 시간을 보냈을까? 대답을 할 수 없었다. 뿐만 아니라 무슨 계획을 했었는지, 기억을 떠올릴 만한 실마리조차 찾을 수 없었다.

보통 무엇을 하며 토요일 아침나절을 보냈던가? 모르겠다. 그런 것에는 관심이 없으니 더 심하다고 해야 하나. 아무튼지 간에 돈다발을 주고 최고급 부르고뉴 포도주를 샀다는 그 작자가 정말로 나일 수도 있었다. 아무렴 어때!

포도주상이 포르트 상페레를 언급했었다. 그런 곳이 있다는 것은 나도 알고 있지만 거기에 가 본 기억은 없었다. 하지만, 그런 세세한 것에 신경을 쓸 이유가 있을까? 다시 한 번 온몸이 나른해졌다.

나는 나라는 인물에 관심 없는 게 아니었다. 밥티스트 보르다브가 시들했던 것이었다. 내 관심은 온통 올라프 질더, 그에게 쏠려 있었다.

죽으면 유리해지는 점이 있을까?

올라프에게 물어본다면 흥미진진한 대답을 들을 수 있을 테지만, 이상하게도 나는 내 자신에게 묻고 있었다. 죽었다고 간주되면 유리한 점이 있을까?

물론이었다. 우선, 차마 거절하지 못하는 초대 자리들

이 해결된다. 못 갈 수밖에 없는 이유를 그럴싸하게 꾸며내도 그건 언제나 핑계라는 티가 나게 마련이다. 죽은 것으로 간주되면 더 이상 거짓말을 지어 낼 필요가 없다. 직장은 또 어떤가. 이젠 아무도 결근을 밥 먹듯 한다고 내게 눈치를 줄 수 없다. 동료들은 내 험담을 하는 대신 뭉클한 감정에 사로잡혀 나를 추억할 것이다. 심지어는 내가 보고 싶다는 사람들도 나올 수 있다.

청구서를 갚지 않아도 될 완벽한 이유도 확보된다. 골치 아픈 서류들 때문에 상속인들이 머리를 쥐어뜯을 수는 있겠지만. 나야 뭐 상속할 사람이 없으니, 그 점에 관해서는 양심에 거리낄 것이 없다.

갑자기 죽은 척하는 사람들에 대한 범사회적인 대비책을 세워야 한다는 생각이 들었다. 쾌감이 따르지만 위험하기 짝이 없는 수작이다. 언제나처럼 은행은 이 방면에서도 선수를 쳤다. 사람이 죽으면 더 이상은 자기 계좌에 손을 댈 수가 없다. 직불카드도 정지되고, 예금 인출도 할 수 없으며 이자도 붙지 않는다. 이런 이유 때문에 죽은 척하는 것을 포기하는 사람도 많겠지.

나는 포기하지 않기로 결심했다. 이런 중대한 문제를 돈 때문에 포기한다면, 이번에도 또 돈에 휘둘리게 된다면, 그건 너무 굴욕적이지 않은가?

올라프의 지갑 속에는 천 유로가 들어 있었다. 내 통장에 있는 돈이 그것보다 좀 많기는 했으나, 대세를 바꿀 만한 금액은 아니었다. 게다가, 그의 차는 내 차보다 열 배는 더 비싼 것이었다.

그나저나, 내게 선택의 여지가 있단 말인가? 나의 중심은 이미 밥티스트를 떠나 올라프에게로 옮겨져 있었다. 나는 전에 내가 무엇을 했었는지 기억조차 못하고 있다. 애를 쓰면 기억해 낼 수도 있겠지. 난 그런 노력은 하지 않으려고 한다. 옛날 일이 단박에 생각나지 않는 건, 생각할 필요가 없기 때문이다. 틀림없이 집세를 벌기 위해 마지못해 해야 했던, 어느 것이라도 상관없었을 그런 일이었을 것이다.

이해할 수 없는 언어로 쓰인 시체의 직업이 훨씬 더 내 맘에 들었다. 상상력을 발휘할 수 있었다. 앞으로도 스웨덴어는 절대 배우지 않기로 했다. 내가 회사 경리부 직원이거나 보험업자라는 사실을 알고 싶지는 않으니까.

바닥에 누운 올라프도 싫다고는 하지 않았다. 완강한 거부의 의사를 보이지 않았던 것이다. 그의 신원은 쉽사리 그의 물컹물컹한 몸을 떠나 내게로 스며들어왔다.

"밥티스트. 자네는 밥티스트 보르다브야. 나는 올라프 질더이고."

나는 법적으로도 하자가 없는 새로운 신원을 가졌다. 올라프 질더. 이 이름이 밥티스트 보르다브보다 훨씬 더 마음에 들었다. 남는 장사를 했군. 다른 면에서도 그럴까? 이런 기대감에 온몸이 전율했다.

평범한 가방에 옷가지를 쑤셔 넣고 난 뒤, 시체를 샅샅이 뒤졌다. 그가 밥티스트 보르다브가 아니라고 의심할 만한 것은 아무것도 없었다. 아무것도. 물론 철저한 조사를 하게 되면 얘기가 달라지겠지만 6개월 뒤에 뼈대만 남아 발견될 이 불쌍한 인간을 조사할 이유가 만무했다. 심장마비로 죽었겠거니 하고 말겠지. 벌써 신문기사 제목이 눈에 보이는 것 같았다.

《외로운 도시생활이 빚어낸 비극. 반 년 후에나 세간의 관심을 모은 보르다브 씨의 운명》

이제 마음을 굳게 먹고 떠나야 했다. 그런데 아직 꺼림칙한 것이 있었다. 재다이얼 버튼. 위험하다는 것은 잘 알고 있었다. 바보 같은 생각이라는 것도. 하지만 만약에 그 버튼을 눌러보지 않고 떠난다면, 나는 이 아파트에 꼭 한 번 다시 들르게 될 것 같았다. 살인범들이 범죄현장에 다시 찾아오듯이. 둘 다 나쁘지만 그나마 나은 것을 골라야 했다.

나는 밥티스트 보르다브의 전화기를 쓰는 건 이것이 마지막이라는 심정으로 수화기를 들었다. 마지막으로 그 전화기의 숫자버튼을 누른 사람은 올라프 질더, 그러니까 옛날 올라프 질더였다. 나는 '재다이얼' 버튼을 꾹 눌렀다. 잠시 후 신호 가는 소리가 들렸다. 정맥과 동맥이 모두 터져 나가지나 않을까 싶을 정도로 심장박동이 빨라졌다. 이러다 나도 죽는 게 아닐까? 내가 신원을 바꿔치기한 저 올라프와 똑같은 방식으로 죽어버리는 게 아닐까? 그럴 수는 없었다. 그건 조사를 담당하실 분들에 대한 예의가 아니었다. 얼마나 혼돈스럽겠는가 말이다.

신호 한 번. 두 번. 세 번. 숨쉬기가 힘들었다. 네 번. 다섯 번. 나는 아무도 전화를 받지 않는 게 아닐까라는 의심을 하기 시작했다. 아니, 어쩌면 그걸 바라고 있었을지도. 여섯 번. 일곱 번. 자동응답기가 작동할까? 여덟 번. 아홉 번. 내가 원하는 게 뭔지 알 수 없었다. 누군가가 헉헉거리며 전화를 받아주는 것? 열 번. 열한 번. 아아, 어떻게 해야 좋을까.

나는 수화기를 내려놓고 숨을 몰아쉬었다. 안심이 되기

도 했지만 한편으론 실망스러웠다. 아파트 문을 나서며 나는 재다이얼 버튼이 만들어낸 음이 머릿속에 남았다는 사실을 깨달았다. 모르는 전화번호의 음 열 개. 그것만으로 번호를 알아낼 수는 없을 터였다. 그러나 그것은 내 기억에 하나의 흔적으로 각인되어 남았다.

나는 재규어의 운전석에 앉아 밥티스트 보르다브의 휴대폰을 껐다. 휴대폰을 가지고 가지 않는 편이 더 신중한 행동이겠지. 하지만 앞으로 무슨 일이 있을지는 아무도 모르는 거잖아? 게다가 이 휴대폰이 쓰일 일은 없었다. 만에 하나 조사가 진행될 경우, 내 행적을 추적하는 데에 쓰인다면 모를까. 한참 후에, 보나마나 아주 한참 후에, 내가 죽었다는 사실이 확인되고 나면 이런 불안에 시달릴 필요도 없어지리라.

시동을 걸었다. 옛날 올라프가 연료통을 가득 채워놓았음을 확인하니 든든했다. 그 친구, 마음에 드는걸. 가속·페달을 밟자 차가 놀라우리만치 매끄럽게 구르기 시작했다. 감탄을 하던 나는 겨우 한 블록을 지난 지점에서 브레이크를 밟았다. 아파트에서 50미터쯤 떨어진 곳에 공중전화 부스가 있었다. 차를 그대로 세워두고, 달려가 전화기를 확인해보았다. 고장이 아니었다. 아주 멀쩡했다. 나는 당황한 채 재규어에 다시 올라탔다. 죽은 올라프는 왜 내게 거짓말을 했을까?

서쪽으로 차를 몰며 곰곰이 생각을 해 보았다. 혹시 공중전화 부스를 못 봤나? 하지만 이상하잖아, 눈에 금방 뜨이던걸. 아니면 전화 카드가 없었던 것이겠지. 나는 정지 신호를 틈타 시신에서 꺼낸 지갑을 뒤져보았다. 잔액이 남은 전화카드가 나왔다. 이런 데 너무 큰 의미를 두지 말자, 전화 카드를 가지고 있다는 사실을 잊을 수도 있는 거니까.

나는 부질없는 걱정을 쫓아버리려고 애를 썼다. 새 사람이 되다니, 정말 멋지지 않은가? 속도를 조금씩 올려가며 나는 나의 모습을 차츰 받아들였다. 오늘 아침까지만 해도 난 별 볼일 없는 프랑스 사람일 뿐이었다. 앞날이 모호한. 그런데 난데없는 기적이 일어나, 갑자기 신비스럽고 돈도 많아 보이는 북구 사람으로 거듭난 것이다. 게다가—어? 잠깐, 나는 급브레이크를 밟았다. 자동차는 완벽하게 굴러가고 있었다. 죽은 올라프가 뭐라고 했더라?

공중전화 부스는 못 보았다손 치더라도 차가 고장났다고 한 것은 틀림없는 거짓말이었다. 뻔뻔스러운 파렴치한 같으니라고. 나도 그렇지, 그걸 이제야 알다니, 그렇게 정신이 빠져 있었던 말인가?

기계에 관해서라면 난 아는 게 하나도 없다. 차가 고장 났다가 반 시간 만에 다시 멀쩡하게 굴러가는 일도 있나?

그는 분명 '고장' 이라는 단어를 사용했다. 나는 머릿속으로 설명이 될 만한 것을 찾아보았다. 그렇지. 죽은 올라프가 내 집에 쳐들어온 것을 정당화하기 위해 과장을 했을 수도 있다. 애지중지하는 자동차에서 이상한 소리가 나면 겁부터 먹는 일종의 망상증 환자였는지도 모른다. "죄송하지만, 제 자동차에서 윙윙거리는 소리가 나서 그러는데요, 댁의 전화를 좀 써도 되겠습니까?" 이럴 수는 없지 않았겠느냐는 말이다. 심각한 고장은 아닌 듯싶었겠지만 예의상 고장이라고 둘러댔던 것이다. 그래, 그거다. 그럴 수 있다는 것만으로도 충분하지 않나?

확실한 건, 내가 그렇게 믿고 싶었다는 것이다. 가면 갈수록 여러 군데에서 아귀가 맞지 않았지만 난 그런 것들을 무시하고 싶었다. 나는 죽은 올라프의 이야기가 사실이라고 믿을 필요가 있었다. 적어도 믿을 만하다고 생각할 필요가 있었다. 그렇지 않다면 난 이것이 어떤 음모라는 결론을 내려야만 했다. 그런 피해망상적인 생각은 달갑지 않았다.

난생 처음으로 자유롭다는 느낌이 들었다. 그 느낌이 얼마나 확실했던지 밥티스트 보르다브로 살았던 기억이 흔적도 없이 사라졌다. 그건 포도주상과의 전화통화에서도 증명된 바 있다. 백지 상태. 어른이라면 누구나 꿈꾸어 볼 만한 일이 아닌가?

그러나 자유로워지려면 의심에 발목을 잡혀서는 안 되는 법. 자유롭기로 결심한 사람은 쩨쩨하고 좀스런 생각을 가져선 안 된다. 이것저것 따져서는 안 되는 것이다. 그가 그런 말을 왜 했을까, 왜 이렇게 말하지 않았을까 등등. 나도 한 번 통 크게 살아보고 싶었다. 살아 있다는 짜릿함을 느끼고 싶었다. 낯선 이의 신원을 훔치는 것이야말로 이 넓은 세상의 황홀한 맛을 경험해 볼 수 있는 방법 중의 방법이 아닌가.

베르사유에 도착했다. 나는 주저 없이 베르사유를 목적지로 택했다. 사실, 달리 갈 데가 없었다. 게다가 내 집이 어떤지 확인해 보아야 했다. 만약에 누군가가 나보고 언젠가 베르사유에 살게 될 것이라고 했다면, 난 콧방귀를 뀌고 말았을 것이다. 한데, 국적이 국적이다 보니 베르사유라는 주소가 덜 의미심장해보였다. 북구 출신의 남자라면 베르사유 사람들 특유의 생활방식을 고수하지는 않았을 테니까.

저택을 발견한 순간, 코웃음이 나왔다. 난 저택을 끔찍이도 싫어하는 사람이다. 저택은 골빈 당들의 사치품이란 것이 내 지론이다. 사람들은 본능적으로 저택 앞에다가 '꿈의' 라는 수식어를 붙인다. '꿈의 저택'. 모든 저택은 이렇게 불린다. 저택에는 창문 대신 통유리가 있다. 나는 통유리의 쓰임새가 싫다. 창문은 집 안에 사는 사람들이 바깥을 내다보라고 만들어 놓는 것인 반면, 통유리는 바깥에서 안을 들여다보는 데에 쓰인다. 그 증거로, 통유리는 바닥까지 내려와 있다. 발이 보일 만큼. 이로써 저택에 사는 사람들은 집안에서도 멋진 신발을 신고 있다는 것을 이웃들에게 과시할 수 있다.

저택에는 정원이 딸려 있다. 물론 아무리 찾아 헤매도 나무라는 이름에 걸맞은 나무 한 그루 찾아볼 수 없는 그 넓은 땅덩어리를 정원이라고 부를 수 있다는 전제하에서. 돈 많은 저택 주인들은 이렇게 말한다. "큰 나무는 심지 말아요. 햇빛을 가리니까." 이러니 그 작자들 말고 또 누가 그 집에 살고 싶겠느냐는 말이다.

나는 이 저택을 고른 장본인이 나의 선임자일 가능성을 재빨리 배제했다. 스웨덴 사람을 한 번도 만나 본 적이 없지만, 이런 고약한 취향을 가졌을 것이라고 뒤집어씌울 이유가 전혀 없었다. 질더 부인이 있지 않을까? 그녀 역시 스웨덴 사람일까? 어쨌거나 취향으로 미루어볼 때, 우리 둘 사이가 그다지 좋을 수 있을 것 같지는 않았다.

나는 통유리를 엿보기로 마음먹었다. 그 안쪽에 사는

사람들은 누군가가 지켜봐주기를 바라고 있을 것이다. 정원 대신 장애물 하나 없이 탁 트인 미니 골프장을 꾸며놓은 것만 봐도 그 속셈이 훤했다. 엿보이기를 원하는 사람들이니 원하는 대로 해주리라. 게다가 자기 아내를 몰래 훔쳐보는 그 재미라니. 나를 모르는 내 아내를 알아가는 쾌감!

남편이 돌아왔다는 사실이 발각되지 않도록, 나는 재규어를 좀 멀리에 주차해 두었다. 그리고 천연덕스러운 표정으로 천천히 걷기 시작했다.

스웨덴 여자라면 이름이 뭘까? 잉그리드? 셀마?

몇 시간이 흘렀다. 그동안 나는 모든 가능성들을 타진해 볼 수 있었다. 우선, 질더 부인은 돈을 보고 결혼을 한, 빈둥빈둥 놀고먹는 아줌마일 수 있다. 올라프의 운명이 어찌 되었는지를 전해 듣고는 심장마비를 일으키리라. 그럼 나는 한 재산 물려받을 수 있겠지. 아니, 질더 부인의 이름은 라피타, 젊은 모로코 여인으로 내가 한눈에 반할 만큼 빼어난 미모의 소유자일지도 모른다. 어쩌면 질더 부인은 하반신 불수로 휠체어에 몸을 의지하고 있을지도. 혹시 질더 부인은 없고 비요른이라는 이름의 남자 애인이 있는 게 아닐까. 하지만 남자가 이런 저택을 골랐을 것 같지는 않았다. 내가 비요른을 몰라서 하는 소리일 수도 있지만.

이런 인구조사에 집중한 덕에 나는 엄청난 인내력을 발휘할 수 있었다. 그러나 오후 다섯 시가 다 되도록, 사람이라고는 그림자 하나도 눈에 띄지 않았다. 그런데 화장실이 급해졌다. 주머니 안에서 열쇠가 만져지자 좀이 쑤셨다. 더 이상 참을 수가 없어서, 나는 대문을 밀고 들어가 현관 앞 층계를 걸어 올라갔다. 열쇠구멍에 열쇠를 이것저것 넣어보다가 딱 맞는 것을 찾아냈다. 문이 열렸다. 나는 숨을 참고 안으로 들어갔다. 흰 대리석이 깔린 현관이 나왔다.

까치발을 하고 방들을 기웃거리다가 화장실을 찾아냈다. 물 내리는 소리가 생각만큼 조용하지가 않았다. 이제 나의 존재가 들통났음에 틀림없었다. 그러나 아무도 나와보지 않았다. 집안에는 나 혼자뿐인 것 같았다.

염려했던 대로 저택은 진부하기 짝이 없었다. 문고리에는 금도금이 되어 있었고 거실 바닥과 탁자는 온통 흰 대리석이었다. 하지만 실내에는 어딘가 퇴폐적이면서도 편안한 분위기가 감돌았다. 소파에 몸을 묻으면 다시는 일어나고 싶지 않을 것 같은 느낌.

이층에는 큰 방이 몇 개나 있었다. 여자의 흔적이 곧 눈에 띄었다. 갖가지 화장품들과 열다섯 종류의 샴푸 병이 놓여 있는 욕실. 방에 흩어져 있는 옷가지들. 비요른에 대한 가설은 일단 제외해 놓기로 했다. 폭이 좁고 길이가 짧은 치마들. 옷 주인이 젊고 날씬한 여자라는 뜻이었다. 내가 늙다리 드럼통과 결혼을 한 것은 아니었구나.

사람의 기척은 어디에도 없었다. 나는 바람 같은 여자와 결혼을 했나보다. 아를의 여인과.(알퐁스 도데의 희곡 〈아를의 여인〉에 등장하는 마을 아가씨로 연극무대에는 나타나지 않아 눈에 보이지 않는 인물을 묘사하는 관용표현이 되었다 : 옮긴이) 내 왼쪽 호주머니 안에는 나의 선임자의 주머니에서 빼내온 콘돔이 들어 있었다. 우리 부부는 굉장히 자유로운 부부임에 틀림없었다. 아직 알지도 못하는 내 아내가 벌써 나를 속이고 바람을 피우는 걸까. 하긴 나도 그런 것 같긴 하다.

배가 고팠다. 나는 아래층으로 도로 내려갔다. 다른 사람의 부엌에서 뭔가를 먹는 것보다 더 기분 좋은 일은 없다. 미제 냉장고 안에는 스웨덴 여자의 양식이 들어 있었다. 훈제 연어, 사워크림. 하지만 평범한 음식들이 없는 건 아니었다. 나는 계란 몇 개와 치즈를 꺼내 오믈렛을 만들었다.

한 구석에 빵이 있었다. 만져보니 아침에 구운 빵 같았
다. 몇 쪽을 토스터에 넣으며 죽은 나의 선임자가 여기서
이 빵으로 마지막 아침식사를 했을 것이라는 생각에 몸서
리를 쳤다.

오믈렛과 빵을 정신없이 먹고 있는데, 문 열리는 소리
가 났다. 나는 도망칠 생각조차 하지 못했다. 빵 냄새, 기
름에 지진 계란 냄새가 날 게 뻔한데, 몸을 숨겨보았자 무
슨 소용이 있을 것인가? 게다가 난 믿기지 않는 새로운 상
황에 익숙해질 필요가 있었다. 나는 내 집에 있는 것이다.
정정당당할 것. 운에 맡길 수밖에. 나는 빵을 입에 틀어넣
고 어색하지 않은 척했다.

내 아내로 보이는 여자가 음식 냄새에 이끌려 부엌으로
왔다. 그녀는 나를 보고도 놀라는 기색이 없었다. 내가 그
녀보다 천 배는 더 놀랐을 것이다.

"안녕하세요." 그녀가 매력적인 미소를 지으며 말했다.

"안녕하세요." 나는 음식이 꽉 찬 입으로 대답했다.

"올라프는 같이 안 왔나요?"

반사적으로 내가 올라프라는 말을 했어야 했는데, 그럴

정신이 없었다.

"네." 나는 어깨를 으쓱해보였다.

이런 대화가 하나도 이상하지 않았나 보았다. 그녀는 부엌을 나가 이층으로 올라갔다.

당황한 채로 나는 먹던 음식을 마저 먹었다. 스웨덴 사람들이 손님을 어떻게 맞이하는지에 대해서는 들어본 바가 없지만, 나는 경탄을 금치 못했다. 젊은 여자가 자기 부엌에서 맘대로 음식을 꺼내 먹고 있는 낯선 남자를 보고도 불쾌해하는 기색 하나 없다니. 심지어는 그보다 더 자연스러운 것이 없다는 투였다. 그 무엇보다 놀라웠던 것은 내가 누군지 묻지 않았다는 것이었다. 내가 그 입장이었다면, 난 나를 문 밖으로 내쫓았을 텐데.

저택에서 사는 사람은 좀 다를 것이라고 생각했었다. 스물다섯 남짓 되어 보이던 아까 그 여자는 이런 종류의 집에서 마주칠 만한 사람 특유의 행동을 보이지 않았다. 우선 날 보고 반가워했고 내가 사귈 만한 수준의 인간인지 따져보는 것 같지도 않았으며 특별히 경계하는 눈치도 없었다. 스웨덴 사람이어서 그렇겠거니 하던 나는 곧 그 생각을 접었다. 스웨덴 여자를 처음 보았으면서 그녀의 행동거지가 마치 그 나라 사람들의 전형적인 것이라고 단

정지을 수는 없었다. 제비 한 마리가 날았다고 봄이 온 것은 아니지 않은가. 아직 잘 알지도 못하는 여자의 단면을 보았을 뿐이었다. 스웨덴에도 의심 많고 폐쇄적인 부르주아들이 틀림없이 있을 것이다. 어느 나라나 그런 부류는 꼭 있게 마련이다. 스웨덴의 거장 잉그마르 베르히만의 영화들이 생각났다. 점잔빼며 젠체하는 마나님들이 등장했었지.

나의 선임자는 여자 취향이 훌륭했다. 그녀는 북구 미인답게 키가 크고 날씬했다. 금발에 푸른 눈. 호리한 몸에 잘 어울리는 얼굴. 그중에서도 가장 멋진 것은 그녀가 나의 아내라는 사실이었다. 물론 본인은 모르고 있었지만. 나는 헤벌쭉 웃으며 남은 음식을 마저 먹었다. 얼마나 황홀한 상황인지. 그런데 난 그녀의 이름을 몰랐다.

담배를 피우려고 거실로 갔다. 아름다운 그녀가 나를 보러 내려왔다.

"여기서 주무실 거죠?"

"아, 서, 성가시게 하고 싶지 않습니다." 나는 소심하게 말을 더듬었다.

"성가시다니요. 묵어 가실 방을 올라프가 보여드리던가요?"

“아뇨.”

“따라오세요. 안내해 드릴게요.”

그녀가 내 가방을 들었다. 화들짝 놀란 나는 얼른 달려가 그 가방을 낚아챘다. 이층에 올라가자 그녀는 인테리어 잡지에 나올 법한 안락한 가구들로 꾸며진 넓은 방으로 날 안내했다.

“짐을 푸셔야죠. 그럼 전 이만.” 그녀가 계단을 내려가며 말했다.

나와 함께 있어달라고 애원하고 싶었지만 그럴 엄두를 내지는 못했다.

방에는 욕실이 딸려 있었다. 나 혼자만을 위한 욕실. 나는 스웨덴산일 것이라고 생각되는 여러 가지 제품들로 오랫동안 샤워를 했다. 집안 어딘가에 사우나 시설이 있지 않을까? 참, 사우나는 핀란드식이지. 이제 난 북구 미인을 아내로 둔 행복한 남편이다. 초짜 같은 실수를 해서는 안 되는 거다. 타월지로 된 목욕가운이 나를 기다리고 있었다. 그걸 입고 아래층으로 내려가도 될까 망설이다가, 옷을 핑계로 이야깃거리를 만들 수 있을 것이라는 생각을 했다. 얼마나 친해질 수 있는지 시험도 해볼 겸.

여주인은 부엌에 있었다. 나는 이런 차림을 하고 있어

도 되겠느냐고 물었다. 혹시 원한다면 정장에 넥타이를 갖추고 오겠다고. 그녀가 의외라는 듯이 말했다.

"무슨 말씀이세요, 그대로도 좋으신데요. 혹시 올라프가 언제 돌아온다고 얘기하던가요?"

아니라는 내 대답을 듣고도 그녀는 별로 놀라는 것 같지 않았다.

"차가운 샴페인이 있는데. 드시겠어요?"

나는 눈을 휘둥그레 떴다.

"축하할 일이 있습니까?"

"그냥, 마시고 싶어서요. 어떠세요?"

"좋습니다."

그녀가 뵈브 클리코의 마개를 땄다. 뵈브 클리코, 남편을 일찍 여의고 시댁의 주류 사업을 물려받은 미망인 클리코의 이름을 딴 샴페인. 나는 내 눈앞의 그녀와 마담 클리코의 같은 운명을 생각하며 몸을 떨었다. 그녀는 모르고 있었지만.

"전 샴페인이 너무 좋은데, 혼자 마시는 건 아주 싫거든요. 저를 위해 봉사한다고 생각해 주세요."

"영광입니다."

샴페인이 얼마나 차갑던지 눈물이 찔끔 나왔다. 역시

샴페인은 이렇게 차가워야 제격이다.

"이름을 여쭤 봐도 될까요?"

"올라프입니다." 샴페인의 알싸한 취기에 어느 정도 용기를 얻은 나는 망설이지 않고 대답했다.

"제 남편과 이름이 같네요."

그러니까 이 여인은 틀림없는 올라프의 아내였다. 그러니까 이 여인은 틀림없는 과부였다. 단, 나를 남편으로 인정한다면 얘기는 달라지겠지만. 그걸 어떻게 설명한다?

그녀가 내 잔을 다시 채웠다. 순간, 내가 그녀의 이름을 알 수 있는 최적의 기회를 놓쳐버리고 말았다는 것을 깨달았다. 그녀가 내 이름을 물었을 때, 이름이 뭐냐고 되물어봤어야 했다. 이제 와 다시 이름을 묻는다면, 그건 너무 어색할 것 같았다.

"샴페인은 최고의 식사예요."

"식사에 곁들이는 음료로 최고라는 말씀이시겠죠?" 나는 아주 프랑스적인 발언을 했다. 외국인에게 모국어의 미묘함을 제대로 가르쳐야 한다고 굳게 믿고 있는 프랑스 사람다운 발언을.

"아니에요. 보시다시피, 전 음식을 먹지 않아요. 식사 겸 음료로 샴페인을 마시죠."

"취하지 않도록 조심하셔야 할 겁니다."

"취하기를 기다리고 있는 걸요. 샴페인으로 취하면 마치 보석을 얻은 것 같죠."

그녀는 완벽한 프랑스어를 구사하고 있었다. 놀랄 일이었다. 모순 같지만, 그런 점 때문에 그녀가 외국인이라는 사실이 더더욱 두드러졌다. 원조 프랑스 사람들은 그렇게까지 발음을 정확하게 하지 않는다.

"스웨덴어를 쓰지 않는 걸 용서하세요."

그녀가 말했다.

"아닙니다. 잘 하고 계신 겁니다. 현지 말을 할 수 있는 기회를 놓쳐서야 되겠습니까."

나는 이런 말로 곤경에서 빠져나갈 수 있기를 바랐다. 그런데 그 말이 강압적으로 들렸던 모양이었다. 자부심 같은 것이 있어서 한 말은 아니었다. 그저 그런 게 효과적이라는 뜻으로 한 얘기였을 뿐이다. 그녀는 놀란 표정을 짓더니 더 이상 말을 잇지 않았다. 나는 내가 실수를 했다는 결론을 내렸다.

"전 이만 물러가보겠습니다. 피곤하실 것 같아서요."

"안 돼요. 저와 함께 이 병을 비우셔야죠. 저 혼자서 남은 샴페인을 다 마시길 원하시는 건 아니겠죠? 자, 올라프, 당신에 관해 이야기해주세요.”

누군가가—그녀가—나를 그렇게 불러준 것은 이번이 처음이었다. 불안감이 종지뼈에 뿌리를 내리더니 머리카락 끝까지 타고 올라왔다. 그것도 여러 차례나. 타인의 입을 통해 나올 때 그 의미가 더욱 강렬해지는 단어들이 있다. 사람 이름이 특히 그렇다. 황홀하기도 하고 혼란스럽기도 해서, 나는 아무 말도 할 수가 없었다.

“죄송해요. 제가 실례를 했네요. 평소에는 이렇지 않은데, 샴페인 때문에.”

그녀는 남은 샴페인을 따라 우리 둘의 잔을 채우고 건배를 권했다.

“우리의 만남을 위하여!”

“우리의 만남을 위하여!”

단숨에 샴페인을 들이켜는 그녀. 잔을 비우는 순간, 그녀의 눈이 두 배로 커졌다.

“샴페인이 너무나 차가워서 기포가 단단해졌나 봐요. 마치 다이아몬드 가루를 마시는 느낌이에요.”

밤이 깊어지자, 불안감이 다시 몰려왔다. 지금 이 상황을 정상이라고 할 수는 없었다. 여태까지의 일을 대강 돌이켜보았다. 어젯밤엔 저녁식사에 초대받아 갔고, 거기서 웬 남자를 만나 누가 내 집에 와서 죽는 해괴망측한 일이 벌어지면 어떻게 해야 하는지를 단계별로 들어 두었다. 오늘 아침에는 진짜로 모르는 사람이 내 집에 와서 죽었다. 하긴, 내가 살던 건물에 파리에서는 보기 드문 인터폰이 설치되어 있긴 하다. 하지만 다른 층의 초인종을 눌렀을 수도 있는 거다. 그런데 올라프는 하필 내 집 벨을 눌렀다. 마치 나를 일부러 골라 두었던 것처럼. 집에 들어온 그가 쓰러졌다. 아, 그 전에 거짓말을 두 가지나 했다. 공중전화 부스와 자동차 고장 건에 대해.

어젯밤의 저녁 초대와 오늘 아침의 사건 사이에 어떤 관련이 있는 게 아닐까? 나는 어젯밤에 만난 남자의 충고대로 하지 않았다. 그 작자의 이야기만 아니었어도, 한치의 망설임도 없이 곧바로 구조대를 불렀을 텐데. 그 속물이 한 말 때문에 내 행동에 제동이 걸렸고 머릿속에는 갖가지 상상이 떠올랐다. 그러는 와중에 신원을 바꿔치기 해야겠다는 황당한 생각을 하게 된 것이었다.

혹시 내가 이런 일을 벌이도록 누군가가 음모를 꾸민 거라면? 포도주상의 전화도 연출의 일부였다면? 영 불가능한 일은 아닌 것 같았다. 내 기억에 없는 행동들을 들먹이며 밥티스트 보르다브를 찾는 게 이상해도 너무 이상해 보였다. 뫼르소 포도주를 입고해 놓았다고도 했었지. 부르고뉴 포도주를 취급하는 사람이니까, 그러려니 할 수도 있겠지만 『이방인』의 주인공과 같은 이름의 포도주를 언급했다는 건 소름끼치는 일이 아닌가? 내가 밥티스트 보르다브를 너무 싸게 팔아넘긴 건 아닐까? 어째서 이 미스터리한 사건의 주인공으로 보르다브가 뽑힌 걸까?

나는 침대에 다시 누웠다. 바야흐로 이 이야기의 기저에 시체가 있다는 대단히 중대한 문제에 부딪쳤다. 올라프 질더는 죽은 척한 게 아니었다. 나 하나 속여먹는 즐거움을 맛보려고 제 목숨을 내놓는 상상을 했다면, 그건 편집증 중에서도 중증이라고 할밖에.

그런데, 올라프가 죽었다는 증거가 있긴 한 건가? 난 의사도 아니고, 그냥 맥박을 짚어보았고 심장 뛰는 소리를 들어보았을 뿐이다. 하지만 요즘이 어떤 시대인가. 얼마 동안 심장박동을 멈추는 약이나 장치가 분명히 있을 거다. 잘은 몰라도 충분히 그럴 수 있다. 만일 밥티스트 보르다브가 의사였다면 그렇게 호락호락 속아 넘어가지 않았을지도 모른다. 예전에 살던 아파트로 돌아가 사실을 확인하고 싶은 욕구가 활활 불타올랐다. 시체가 사라지고 없을 가능성이 99.9%였다.

하지만 옛날 집으로 돌아갈 수는 없었다. 나는 죽은 걸로 되어 있으니까. 게다가 상황을 돌이킬 수는 없는 이유가 하나 더 있었다. 나는 더 이상 밥티스트 보르다브이고 싶지 않았다. 더 심각한 이유도 있었다. 나는 올라프 질더이고 싶었다.

음모를 꾸민 자들은 친한 친구나 친지가 하나도 없는, 심지어는 자신과도 무관한 사람을 대상으로 골랐다. 그 중에서도 키, 나이, 머리색깔이 비슷한 나를. 체중과 국적은 다르지만, 그런 것들이야 나이나 키보다 훨씬 더 쉽게 바꿀 수 있는 특징이다. 게다가 내 처지와 바꾸고 싶을 만한 운명을 가진 인물을 보냈다. 재규어와 베르사유의 저택이 있는 부자를. 그리고 마지막이지만 가장 중요한 것하나, 바로 꿈에서나 만날 수 있을 것 같은 절세미인의 남편이라는 사실. 그런 여자의 남편이 되고 싶지 않은 남자가 어디 있을까? 나는 혹시 그녀도 이 음모에 가담하고 있는 게 아닐까 생각해보았다. 어쩐지 너무 살갑게 반기는 것 같지 않았던가? 나에 대해 꼬치꼬치 캐묻지 않는 것도 이상했고 상황과 기가 막히게 잘 맞아떨어지는 샴페인을 마시자고 한 것도 너무 절묘했다.

이 마지막 가설 때문에 기분이 나빠졌다. 만일 이 모든 이야기가 연출이라는 것을 받아들인다면, 그녀 역시 한통속이라는 사실을 인정해야만 했다. 그건 내가 알고 있는 그녀와는 어울리지 않는 일이었다.

'내가 아는 그녀? 내가 그 여자에 관해 아는 게 뭔데?'

그녀에 관해 내가 알고 있는 것이라고는 방안에 흩어져 있던 옷가지, 눈, 날씬한 몸매, 목소리, 샴페인을 식사에 곁들이는 것이 아니라 샴페인을 식사로 하는 버릇, 이게 다였다. 혹시 그녀가 연극을 하고 있는 거라면? 그녀는 연극배우의 용모를 하고 있었다—아니, 웃기는 소리다, 연극배우의 용모라니, 그런 건 없다. 그런 헛소리를 지어내다니, 어떻게 그럴 수가?

게다가 무슨 연극을 한다는 건가? 그녀는 자기 이야기를 한 마디도 하지 않았다. 올라프의 아내라는 것도 지나가다 나온 말을 근거로 내가 어림짐작했을 뿐이다.

나의 옛 이름은 밥티스트. 누군가에게 이름을 지어준다는 뜻이다. 이름값을 하는 셈 치고, 나는 그녀에게 지그리드라는 이름을 붙였다. 그 이름이 마음에 들었다. 이런 생각을 하며 나는 잠을 청했다. 옆방에서는 올라프의 미망인, 지그리드 질더가 잠을 자고 있었다. 남편이 죽어 과부가 되었다는 것과, 그 남편이 부활했다는 사실을 까맣게 모른 채.

오전 열한시에 잠이 깼다. 내가 이렇게까지 늦잠을 자본 적이 있었나? 새로운 몸을 입은 것과 관계가 많은 것임에 틀림없었다. 자기 자신이기를 그만두는 것보다 더 굉장한 휴가가 있을까? 누구나 휴가 동안에는 평상시보다 잠을 더 푹 잔다. 다들 알고 있는 이야기이다.

저택 전체에 커피 냄새가 감돌았다. 소리를 들어 보니, 지그리드가 발끝으로 걷고 있는 것 같았다. 나를 위한 아내의 세심한 배려. 침대로 아침식사를 가져다주면 좋을 텐데. 하지만 어제 저녁에 만난 아내에게 그런 요구는 너무 무리한 것이겠지.

침대에서 아침식사를 할 수 없다면 침대를 아침상으로 가져가면 된다. 나는 속을 두둑이 넣은 이불만큼이나 포근한 목욕가운으로 몸을 감싼 채 아래층으로 내려갔다.

"올라프, 좋은 아침이에요!" 그녀가 그윽한 미소를 머금고 인사를 했다.

"좋은 아침입니다." 나는 금방이라도 입 밖으로 튀어나올 것 같은 지그리드라는 말을 꾹꾹 눌러 참아야 했다.

"커피 드시겠어요?"

"네, 고맙습니다. 그런데 아침식사를 하기에는 조금 늦지 않았나 싶네요."

"아니에요. 이 집에는 시간이 존재하지 않아요."

그녀는 밀크커피와 크루아상을 차려주고 부엌을 나갔다. 왜 가버리는 거지? 나는 불만을 꾹꾹 누르며 게걸스럽게 빵을 먹고 커피를 마셨다.

5분 후, 그녀가 돌아왔다. "더 필요하신 거 없으세요?"

'당신이 옆에 있어 주는 거요' 라고 대답하고 싶었다. 언감생심.

"없습니다. 정말로요."

"저는 일요일만 집에서 지내요. 그 날만 집에 제가 있는 걸 견뎌주시면 되는 거죠."

"전 당신이 집안에 있는 게 좋은데요."

그녀는 예의상 미소를 지어보이고 옆방으로 갔다.

황당했다. 그녀는 내가 이 집에 오래 눌러앉는 게 당연하다는 투로 말을 했다. 나로서야 천만다행한 일이었지만, 그녀가 사람을 잘못 본 것이 틀림없었다. 나를 누구라고 생각한 걸까?

게다가 그녀는 자기 집에 있는 것을 미안해했다. 오히려 내가 그녀를 성가시게 하고 있는 건데. 손님 접대가 극진해도 유분수지, 이거야 원, 갈수록 놀랄 노자다.

아니, 어쩌면 내가 착각을 하고 있는지도 몰랐다. 올라프는 조직폭력배의 일원이고 얼마간이 될지는 모르겠지만 큰형님께서 집에 와 계실 거라고 지그리드에게 미리 일러두었을 수도 있었다.

거실 책꽂이에서 스웨덴 소설의 번역본을 찾아냈다. 토리뉘 린그렌(Torgny Lindgren)의 『수컷 꿀벌의 꿀』. 처음 보는 소설이었다. 나는 긴 소파 위에 벌렁 드러누워 책을 읽기 시작했다. 내용인즉, 어떤 강연회에서 연설을 마친 한 여자가 뭔지 모를 오해에 휘말렸다가 미치광이 형제의 볼모로 붙잡혀 북극에 유배되었다는 것이었다. 이야기가 너무 재미있어서 책을 덮을 수가 없었다. 지그리드가 이따금씩 조심스러운 걸음걸이로 거실을 가로질러갔다. 내게 방해가 될까봐 그러는 것 같았다.

책을 다 읽고 나서 나도 모르게 잠이 들었다. 소파가 어찌나 편안한지 한 번 누우면 빠져나오지 못하는 덫에라도 걸린 것 같았다. 마침 이불 같은 가운도 입었겠다, 모든 조건이 잠자기에 안성맞춤이었다. 아무 때나 잠을 자는 것은 아무 때나 먹는 것보다 훨씬 더 멋졌다. 나는 오래오래 눈을 감고 있었다. 그리고 몸속에 넘쳐나는 휴식의 과잉상태를 음미하며 잠을 깼다. 이미 눈꺼풀 뒤에서 해가 졌다는 것을 느낄 수 있었다. 그런데 바로 옆에서 사람의 숨결이 느껴지는 것이 아닌가.

눈을 뜨니 지그리드가 어둠 속에 앉아 있는 것이 보였다. 그것도 바로 내 코앞에. 나는 기겁을 했다.

"잠을 많이 못 주무셨던가 봐요."

그랬다. 밥티스트라는 이름으로 불리던 시절에는 불면증을 달고 살았었다.

"여기 한참 이러고 계셨습니까?"

"아뇨. 알아요, 제가 실례를 했다는 거."

그녀가 나를 지켜보다니, 그 때문에 내가 얼마나 행복한지 말해주고 싶었다.

"실례는 남의 집 거실에서 잠을 잔 제가 했죠. 제가 댁에 쳐들어왔으니까요."

"내 집이다 생각하고 편히 계세요."

예의상 하는 소리일까? 아니면 나를 올라프가 몸담은 조직의 두목으로 생각하고 있다는 말일까?

"이 책, 재미있던데요." 나는 『수컷 꿀벌의 꿀』을 들어 보이며 말했다.

"매력적인 책이죠. 단 거 좋아하세요? 아님, 짭짤한 거?" 자기도 그 책을 읽었다는 걸 밝히며 그녀가 물었다.

"그야, 때에 따라 다르죠."

이렇게밖에 대답을 못하다니.

"예를 들어 지금 말이에요, 어떤 걸 드시고 싶으세요?"

입이 바싹 말라 있었다. 분석 불능상태. 내 혀가 미각정보를 찾고 있는 중이라는 게 그녀에게 감지되었나보았다.

"입안이 깔깔하시죠? 배가 고프다기보다 갈증이 나실 거예요."

"그러네요."

"물은 특히나 안 돼요. 뭔가 맛이 나는 음료를 드셔야 해요. 커피처럼 강렬한 맛도 아니고 과일 주스처럼 질리는 맛도 아닌 것. 위스키도 못 견디실 거예요. 방금 잠에서 깨어나셨으니까."

"예리한 진단이로군요."

"완벽한 해결 방법이 있어요. 갈증을 깨끗이 풀어주는 동시에 기쁨을 주고 힘을 북돋아주는 음료가 있거든요. 당신의 미각을 깨우고 자극할 수 있는 것. 입맛을 돌려주면서 삶의 무게를 덜어주는 음료."

"그런 감미로운 음료가 대체 뭡니까?"

"얼음같이 차가운 샴페인이에요."

웃음이 터져 나왔다.

"샴페인을 마시고 싶어 안달이 난 건 그쪽 같은데요."

"맞아요. 하지만 손님이 바라시는 것과 제가 원하는 게 같았으면 좋겠거든요."

젠장, 유도심문인가? 조심해야겠군.

"샴페인을 많이 갖고 계신가 봐요?"

"상상도 못하실 걸요. 한 번 보실래요?"

그녀가 손을 내밀었다. 상상도 못할 만큼 엄청나게 많은 샴페인을 보러 가자며. 현실이라고 하기엔 너무 아름다운 상황이었다. 나는 그녀의 손 안에 내 손을 밀어 넣었다. 꽉 쥐면 사라져버릴 만치 보드라운 손이었다.

나는 그녀를 따라 아래로 내려갔다. 지하실은 널찍한 방들로 나뉘어 있었고 각 방에는 수상쩍은 내용물이 든 상자들이 들어차 있었다. 공기 중에는 내가 끔찍이도 좋아하는 냄새가 감돌았다. 부드러운 곰팡이와 오래 묵은 먼지와 어둠과 비밀이 한데 섞인 동굴의 냄새. 눈물이 날 것만 같았다.

"여긴 냉장실이에요. 보여드리려는 건 따로 있지만."

햄, 치즈, 채소, 크림, 소스 등이 어마어마하게 쟁여져 있었다. 한 몇 달 간은 먹을 수 있는 양이었다.

"조만간 전쟁이 터진다던가요?" 내가 물었다.

"그건 나보다 당신이 더 잘 아실 것 같은데요. 술 저장실은 이쪽이에요. 기대하세요."

그녀가 문을 열었다. 깊이가 삼십 센티미터쯤 되어 보이는 큼직한 풀장 안에 얼음조각이 가득 들어 있었다. 그런데 그 얼음 위로 몇 병인지 가늠할 수조차 없는 샴페인 병들의 가느다란 목이 비어져 나와 있는 것이 아닌가. 빙하기에 시작된 얼음홍수가 죽어서도 병사들을 거느리고 싶어하던 중국 황제의 병마용갱(兵馬俑坑)을 덮친 것만 같았다.

"이건 말도 안 돼." 내가 중얼거렸다.

"이렇게 해 놓으면 밤이건 낮이건 상관없이 아무 때나 완벽한 온도의 샴페인을 마실 수 있어요."

"대체 몇 병이나 되나요?"

"저도 몰라요. 기계가 알아서 물을 대고 얼음을 만들어 내죠. 병들이 너무 붙어 있으면 안 돼요. 얼음조각들이 사이사이로 흘러 다녀야 하니까."

"이게 다 뵈브 클리코예요?"

"그건 제가 제일 좋아하는 샴페인이고, 올라프가 즐기는 돔 페리뇽도 있어요. 포도 수확이 좋았던 연도 걸로 뢰드레와 크루그도 있고요."

"어느 샴페인이 어디 있는지는 어떻게 압니까?"

그녀는 장난기어린 표정으로 나를 어떤 계기판 앞으로 데려갔다. 계기판은 샴페인 이름, 그리고 연도가 쓰인 라벨과 여러 개의 버튼으로 뒤덮여 있었다.

"원하는 샴페인의 버튼을 누르면 병에 불이 들어와요. 예를 들어, 1982년산(産) 뢰드레."

그녀가 버튼을 눌렀다. 병 몇 개가 비취색 후광으로 둘러싸였다. "버튼을 모두 한꺼번에 누르면……"

풀장이 한층 더 신비로워졌다. 오렌지색 뵈브 클리코가 넘쳐나고, 하늘색 돔 페리뇽이 드문드문 빛나고, 보라색 크루그가 외딴 섬들처럼 떠 있었다.

"병 바닥에 빨판시스템이 설치되어 있어서 병이 쓰러지지 않고 똑바로 서 있는 거예요. 일정한 간격을 유지하

기도 하고요. 풀장을 길고 좁게 만들어 놓은 건, 사방에
둘러진 통로에서 원하는 샴페인을 쉽게 꺼낼 수 있도록
하기 위해서예요. 어떤 걸로 하실래요?"

"올라프를 기리는 의미에서 돔 페리뇽으로 하는 게 좋
겠는데요."

돔 페리뇽을 한 번도 마셔본 적이 없다는 말은 차마 하
지 못했다. 나처럼 중요한 인물이 돔 페리뇽을 못 마셔 봤
다는 건 있을 수 없는 일이었다. 그도 그렇지만 내 선임자
가 즐겨 마시던 샴페인을 맛보고 싶기도 했다.

지그리드가 병을 하나 건져 올려 풀장에서 퍼낸 얼음조
각을 채운 통에 담았다. 얼음조각이 그렇게 많다니, 놀라
지 않을 수 없었다.

다음으로는 냉장고 문을 열었다. 안에는 성에가 덮여
반짝거리는, 목이 긴 샴페인 잔이 꽉꽉 차 있었다. 그녀는
잔 두 개를 꺼내 들고 거실로 올라가며 잔의 온도 역시 정
말로 중요하다고 말했다. 놀라 입이 떡 벌어진 나는 아무
말 없이 고분고분 그녀의 뒤를 따랐다. 알리바바의 동굴
을 떠나야 한다는 아쉬움을 간직한 채.

"샴페인 병 좀 열어주실래요?"

나는 그녀가 믿고 있는 나라는 인물에 걸맞게 보이도록

대단히 주의하면서 손으로 병뚜껑의 압력을 조절하며 임무를 완수했다. 병뚜껑이 열릴 때, 소음기를 단 권총이 발사되는 소리가 났다.

"올라프의 건강을 위해 건배할까요?" 지그리드가 이렇게 제안했다.

"어느 올라프요?"

"제가 아는 올라프는 당신과 남편, 둘밖에 없어요. 이 자리에 없는 올라프를 위해 건배하기로 해요."

그 친구한테 그만한 빚을 지긴 했지. 나는 돔 페리뇽을 한 모금 마셨다. 머리털 나고 처음 마셔보는 돔 페리뇽이었다. 뵈브 클리코보다 맛이 훨씬 더 강했고 향도 빨리 퍼지는 것 같았다. 하지만 그건 내가 어제보다 더 감미로운 하루를 보냈기 때문이었을 수도 있었다. 나는 감정을 드러내지 않기 위해 애를 썼다. 이런 종류의 즐거움에 익숙한 사람인 척하느라.

"낮잠 자고 일어나자마자 곧바로 샴페인을 마셔보는 건 이번이 처음입니다."

"그래, 어떠세요?"

"끝내주는데요. 당신 말이 맞았어요. 제게 필요한 게 바로 이거였어요."

"어제 저녁에는 식사를 하셨었죠. 오늘 저녁엔 공복이세요. 어때요, 빈속에 마시니까 샴페인 맛이 더 잘 느껴지지 않나요?"

"그런 것도 같네요. 그런데, 식사는 전혀 안 하십니까?"

"가끔 먹기는 해요."

"모델이세요?"

"아뇨. 전 일을 하지 않아요. 빈둥빈둥 놀면서 호사스러운 생활을 하고 있죠."

그녀가 미소를 지으며 잔을 다시 채웠다.

"올라프와는 오래 전에 만나셨나요?"

"남편은 5년 전에 저를 처음 봤어요."

"올라프가 당신을 봤다니, 본인과는 전혀 상관없는 이야기처럼 말씀하시는군요."

"그게 좀 그래요. 제 오빠가 마약 밀매를 했거든요. 자기가 파는 물건이 확실한지 알아보기 위해서, 오빠는 저를 데리고 테스트를 했어요. 오빠 전속 헤로인 맛보기 담당이었던 거죠. 나중엔 맛을 보는 것만으로 만족할 수가 없게 되더라고요. 올라프가 헤로인 과다복용으로 인사불성이 된 저를 데리고 왔나 봐요. 정신을 차려보니 이 집이더군요."

"올라프가 그 방면으로도 발을 담그고 있었군요. 전 몰랐습니다." 과감하게도 나는 이렇게 말해 보았다.

"정확하게는 아니에요. 전 이 집에 있는 조건으로 다시는 약에 손을 대지 않겠다고 약속했어요. 올라프가 마약이라면 치를 떨었거든요. 약을 끊기가 무척 힘들었지만 이 집에 남아 있고 싶다는 마음으로 견뎌냈죠."

"이 저택이 마음에 드시나 봐요?"

"누군들 마음에 들지 않겠어요?"

저요, 전 이 저택이 끔찍해요, 라는 말은 차마 할 수가 없었다.

"아늑하긴 하네요."

"여긴 제 구원의 안식처예요. 오빠는 절 찾아낼 수 없었어요. 우린 보비니 근처에 살았었어요. 여기서 아주 먼 곳이죠."

"프랑스 분이세요?"

"모르셨어요?"

그녀가 웃었다.

"제가 스웨덴 여자처럼 보이나요?"

그렇다고 대답해야 했지만 나는 그런 사소한 것에는 신경 쓰지 않는 사람인 척했다.

"그게 뭐 중요하겠습니까. 올라프도 스웨덴 사람처럼 보이지 않는데요."

"그건 당신도 마찬가지예요. 올라프가 제게 말하는 법을 가르쳐주었어요. 아주 정확한 우리말을 구사하도록. 아시다시피, 남편은 아주 바른 프랑스어를 쓰잖아요. 그 사람을 만나고 난 후, 전 새사람이 되었어요."

그건 나도 그랬다. 결국, 올라프를 만나고 변했다는 사람이 꽤 여럿인 거로군.

"대단한 인물이죠."

"맞아요. 전 올라프를 사랑해요. 확실히 아내가 남편을 사랑하는 그런 사랑은 아니지만."

확실히? 그런 데에 확실해야 하는 게 있나?

"그런 것보다 더 큰 사랑이에요."

무슨 말인지 이해할 수가 없었다.

"어머, 제 이야기만 늘어놓았네요. 지겨우시겠어요."

"그 반대입니다."

"이제 당신 차례예요. 올라프와 어떻게 만났는지 말씀해주세요."

이런 난처한 상황이 닥치다니.

웬 고양이의 등장으로 난 구원을 받았다. 비대한 고양

이가 부루퉁한 표정으로 위세도 당당하게 여주인 앞으로 느릿느릿 걸어왔다.

"이 아이는 비스킷이에요. 밥을 달라고 왔네요."

녀석의 표정은 오만하기 짝이 없었다. 제 할 일을 잊은 하녀를 다그쳐야 하는 게 못내 불쾌하다는 투였다.

부엌으로 간 그녀는 고급 고양이밥 통조림을 따서 우묵한 접시에 부어 바닥에 내려놓았다.

우리는 묵묵히 자기 몫의 음식을 삼키는 비스킷을 바라보며 샴페인 병을 비웠다.

"2년 전에 제가 비스킷을 거두어주었어요, 올라프가 절 거두어 준 것처럼. 그때만 해도 비쩍 마르고 겁에 질린 새끼고양이였는데."

"많이 변했군요."

"살이 쪘다는 말씀이세요?"

"네. 게다가 이젠 겁을 먹은 것 같지도 않고요."

그녀가 웃었다.

배가 고팠다. 나도 비스킷처럼 밥을 달라고 하고 싶었다. 역시 인간은 위선적일 수밖에 없는 것일까, 나는 그녀에게 혹시 배가 고프지 않느냐고 물었다. 내 말을 못 들었는지, 그녀는 엉뚱한 이야기를 했다.

"올라프가 아니었으면 전 지금쯤 죽은 목숨이었을 거예요. 예전 생활이 생활이었던 만큼, 저 하나 죽었다고 큰일이 나지는 않았을 테지만요. 올라프는 제 목숨만 구해 준 것이 아니에요. 살면서 노력할 가치가 있는 것들이 뭔지도 가르쳐주었죠."

그녀의 올라프 찬양을 듣고 있자니 슬슬 짜증이 나기 시작했다. 그 올라프는 죽고 없다고요, 이젠 내 밥을 좀 챙겨주어야 하는 거잖아요, 이런 말이 하고 싶어 입이 근질거렸다. 하지만 그럴 수는 없는 일. 대신 삐딱선을 타는 것으로 만족해보기로 했다.

"헤로인을 알코올로 대신 하는 걸 가르쳐 준 것은 아니고요?"

그녀가 웃음을 터뜨렸다.

"그것만 해도 어디예요. 이미 훌륭하잖아요? 물론 올라프는 훨씬 더 많은 것을 가르쳐주었지만."

올라프가 뭘 가르쳐주었냐고 묻고 싶지는 않았다. 그저 덤덤하게 배가 고프다고 말했다. 그녀가 문득 정신을 차린 것 같았다.

"죄송해요. 제가 해야 할 일을 잊고 있었어요."

그렇죠.

"뭘 드시고 싶으세요?"

"모르겠는데요. 당신이 드시고 싶은 걸로 먹죠."

"전 원래 먹고 싶은 게 없어요."

"오늘 저녁만큼은 예외를 만들어보세요. 혼자 술 마시는 게 싫다고 하셨죠? 전 혼자 밥 먹는 게 싫습니다."

그녀는 나의 이런 태도에 어리둥절해했다. 하지만 내가 누구던가. 그녀가 마땅히 복종해야 할 만큼 중요한 인물이 아니던가. 그녀가 냉장고 문을 열었다. 냉장고 안은 먹을 걸로 그득했다. 그러나 그녀는 암담한 표정으로 그것들을 바라볼 뿐이었다. 옷이 꽉꽉 들어찬 옷장 문을 열고 입을 게 하나도 없다고 투덜대는 아가씨처럼.

내가 나서는 수밖에.

"어디 봅시다. 고기 하고 스파게티 생면하고 버섯하고 크림이 있네요. 요리는 제가 하겠습니다. 괜찮겠어요?"

살았다 싶은 표정의 그녀. "제가 좀 거들까요?"

"음, 버섯을 씻어서 얇게 써세요."

나는 마늘을 집어 들고 껍질을 벗긴 다음 잘 찧어서 버터를 두른 프라이팬에 넣고 고기와 함께 노릇노릇하게 구워냈다. 얇게 썬 버섯은 다른 팬에 넣고 볶았다. 그렇게 적당히 익힌 재료를 자루 달린 냄비에 넣고 진한 크림을 그 위에 통째 부었다.

지그리드가 걱정스러운 표정으로 나를 쳐다보았다.

"올라프는 이런 식으로 하지 않던가요?"

"모르겠어요. 올라프가 요리하는 걸 본 적이 없어서."

뭐 이런 부부가 다 있어? 그건 그렇고, 난 왜 이 여자를 계속 지그리드라고 하는 거지? 그녀에겐 분명 프랑스식 이름이 있을 텐데. 어떤 이름일까? 상상이 가지 않았다.

"여기에 곁들일 괜찮은 포도주가 있으면 좋겠는데요?"

"포도주 저장실에 있을 텐데, 전 포도주에 대해서는 아는 게 없어요."

부엌 한 구석에 놓아둔 적포도주가 눈에 띄었다.

"저건요?"

"아, 네. 올라프가 마시려고 가져다 두었나 봐요."

그녀가 포도주 병에 붙어 있는 라벨을 읽었다.

"클로 부조, 2003년산(産)이로군요. 괜찮으시겠어요?"

"훌륭하네요. 마개를 열어 두세요." 이렇게 점잖은 말투를 쓰다니, 내 자신이 놀라울 따름이었다.

"부엌에서 먹을까요, 아니면 식당에서 먹을까요?"

부엌에는 통유리가 없었기 때문에 나는 부엌이 좋겠다고 했다. 지그리드가 아닌 지그리드가 포크와 나이프를

상에 놓았다. 나는 스파게티를 삶아 그릇에 담아냈다.

"맛있어요." 그녀가 예의상 이렇게 말했다.

"먹을 만하죠? 내일까지 먹을 수 있도록 좀 많이 만들었어요. 바로 먹는 것보다 두었다가 먹으면 더 맛있는 거라서."

나는 내일도 음식을 먹어야 한다는 언질을 줌으로써 그녀를 놀라게 하고 싶었다. 그녀는 내 말을 핑계로 음식에 거의 손을 대지 않았다. '내일 먹으면 더 맛있을 거라고 하셨으니까.'

음식을 깨작거리는 여자들을 보면 정말 짜증이 난다. 그 말을 할까 하다가 생각을 고쳐먹었다. 나를 이토록 친절하게 맞이해 준 사람에게 그렇게 심술궂게 굴어서는 안 될 것 같았다. 특히나 2003년산(産) 클로 부조를 대접하는 사람에게는.

"이 포도주, 정말 고급이네요."

"그런가요. 제 미각은 그 맛을 구별할 만큼 예민하지가 않아서요." 지그리드가 아닌 그녀가 포도주를 한 모금 마시며 대답했다.

"별로예요?"

"제가 바라는 만큼 좋진 않아요."

"알겠군요. 당신은 샴페인이 아니면 안 되는 거예요."

"맞아요."

그녀의 이름을 물어볼 엄두는 여전히 내지 못하고 있었다. 그 이름이 너무나 알고 싶었던 나머지 호기심이 도를 넘어서서 오히려 이름을 물어보면 안 될 것만 같아져 버렸다. 그 외에도 궁금해 못 견디겠는 점이 몇 가지 더 있었다. 올라프는 누구이고 그녀는 나를 누구라고 생각하고 있으며 올라프와 내가 같이 하는 일은 무엇인가? 이런 질문들은 사실상 내게 금지된 것들이었다. 이런 것들과 비교해 보면, 고유명사에 관한 질문은 그리 위험한 것 같아 보이지 않았다. 어쩌면 이름을 묻지 않는 것이 실례가 되는 것일지도.

"이름이 어떻게 되십니까?"

그녀가 미소를 지었다.

"당신이 원하는 이름으로 불러주세요."

"네? 무슨 대답이 그래요?"

"제 이름이 뭐였으면 좋으시겠어요?"

"그런 거 없어요. 진짜 이름을 말씀해주세요."

"전 진짜 이름이 없어요. 신분증에 기록된 이름은 한 번도 써 보지 않았어요. 우리 엄마는 건망증이 심해서 매번 다른 이름으로 저를 불렀죠. 아버지와 오빠는 절 이름으로 부르지 않았고요. 학교에서는 성으로 저를 부르더군요. 이젠 그 성을 바꿔서 얼마나 다행인지 몰라요.”

“어째서 다행이라는 겁니까?”

“제 성이 밥티스트였거든요, 남자 이름이죠. 여자애가 걸핏하면 밥티스트라고 불린다고 생각해 보세요. 얼마나 이상할지.”

소름이 확 끼쳤다. 그리고 잠시 침묵이 흘렀다.

“그야 그렇지만, 밥티스트라는 이름에는 누군가에게 이름을 붙여준다는 뜻이 들어 있잖아요. 마음에 드는 이름을 선택할 수도 있었을 텐데요. 본인의 이름을 불러야 할 땐 어떤 이름을 썼어요?”

“전 제 이름을 부르지 않아요. 당신은 자기 이름을 부를 때가 있나요?”

“물론이죠. 제가 저를 욕해 줘야 할 때가 있으니까요. ‘밥티스트, 넌 정말 머저리야.’”

그녀가 깔깔 웃었다.

“밥티스트라니요! 제 이야기와 헛갈리셨나 봐요?”

나는 허둥지둥 상황수습을 했다.

“올라프는 당신을 뭐라고 부르나요?”

"스웨덴식 이름을 붙여주었죠."

"그 이름이 마음에 들어요?"

그녀는 어깨를 으쓱해보였다.

"이젠 익숙해진 걸요. 밥티스트만 아니면 누가 붙여주
는 어떤 이름이든, 전 다 마음에 들어요."

"제르트뤼드 같은 이름도요?"

"제르트뤼드가 어때서요?"

"저는 밥티스트가 나은데요."

"저는 제 가족이 싫어요. 그러니 그 이름을 좋아할 수가
없죠. 그리고 사람들마다 제게 붙여주고 싶은 이름이 다
르더군요. 전 그런 이름을 쓴다는 생각 자체가 좋아요."

"그건 임시직을 맡는 거랑 비슷할 것 같은데요?"

"바로 맞추셨어요."

"올라프가 골라준 이름은 뭐였나요?"

"말씀드리지 않을래요. 당신의 상상력에 영향을 주고
싶지 않거든요."

나는 그녀를 유심히 바라보며 곰곰이 생각하는 척했다.
화방에서 색깔 견본 카드를 앞에 두고 고심하는 사람처
럼. 그녀는 그런 식으로 관찰당하는 것을 즐기는 것 같았
다. 그 심정을 이해할 수 있었다. 모든 사람이 일생에 딱

한 번, 그것도 뭐가 뭔지 모르는 상태에서 경험하는 강렬한 순간을 마음껏 즐기고 싶은 것이리라. 이름이 주어지는 그 순간을.

사실, 이름은 이미 골라놓고 있었다. 놀라운 것은 그녀에게 이름이 없다는 사실을 알기도 전에 거의 본능적으로 새 이름을 붙여주었다는 것이었다. 이젠 너무나도 친숙한 그 이름을 일찌감치 붙여놓았다니, 내가 그녀의 소망을 미리 감지한 걸까.

"지그리드."

"지그리드." 그녀가 감탄해 마지않으며 그 이름을 따라 불러 보았다. "예쁜 이름이에요."

"혹시 올라프도 이 이름을?"

"아니에요."

"올라프가 고른 이름은 뭐였죠?"

"모르셔도 돼요."

"사람들이 붙여 준 이름을 당신 혼자만 알고 있나요?"

"그 사람과의 사이가 각별한 경우엔, 그렇게 하죠. 올라프는 제 남편인걸요."

"별로 관계가 없는 사람들이 붙여준 이름 중에서 제일 이상했던 건요?"

"왜 그런 걸 그렇게까지 궁금해하세요?"

"모르겠어요." 그것이 나의 원래 이름이기 때문이라는 걸 알면서도 나는 이렇게 대답했다.

잠시 생각에 잠겼던 그녀가 입을 열었다.

"지그리드."

"우리 사이는 각별하지 않다고 생각하시나 봐요?"

그녀가 웃었다.

"어쨌든, 당신이 스웨덴식 이름을 골라주셔서 기뻐요. 그러기가 쉽지 않으셨을 텐데. 저를 당신의 세계 안에 받아들여주셨다는 의미이니까요."

'나의 소중한 지그리드, 당신이야말로 나를 당신의 세계로 받아들여주었다오.'

그녀가 작별인사를 했을 때, 나는 그녀의 침실로 따라가지 못한다는 사실에 분통이 터졌다. '각방을 쓰는 부부들은 정말 못 참아주겠어.' 그러나 지그리드는 이젠 내가 자기 남편이라는 사실을 모르고 있었다. 서둘러서 될 일이 아니었다.

나는 멋진 하루를 보냈다는 몽롱한 기분에 취해 잠자리에 들었다. 뭘 했더라? 훌륭한 소설을 읽었고 잠을 잤고 돔 페리뇽과 클로 부조를 마셨고 매력적인 여인과 함께 식사를 했다. 이보다 더 시간을 알차게 보낼 수는 없을 것이다.

무엇보다 내 아내를 조금 더 잘 알게 되었다는 점이 만족스러웠다. 완벽한 미모의 스웨덴 여자와 결혼한 줄로만 알았는데 내가 지그리드라는 이름을 붙여준 아내는 마약 중독 경력이 있는 보비니 출신이었다. 그렇다고 해서 그녀가 덜 좋아진 건 아니지만.

한데, 그녀의 성이 밥티스트라는 것이 우연치고는 어쩐지 억지스러워보였다. 나는 음모론이라는 가설로 되돌아왔다. 우연? 내가 살던 건물 인터폰 옆에는 밥티스트 보르다브라는 이름표가 붙어 있었다. 죽은 올라프가 내 집 인터폰을 누른 이유가 단지 내 이름이 익숙해서라고 할 수 있을까? 만약 그렇다면 내가 걱정할 필요는 전혀 없는 것이었다.

낮잠을 오래 잤는데도 불구하고 잠이 몰려왔다. 그보다 더 저항하기 힘든 충동이 있을까. 더군다나 잠을 참아야 할 아무런 이유가 없는 상황이라면. 나는 평화롭게 잠에 빠져들었다.

네 시간 후, 내 기억의 어느 구석에서 뛰쳐나왔는지 도무지 알 길이 없는 열 개의 음으로 된 멜로디가 머릿속에서 아우성을 쳤다. 나는 기겁을 하고 벌떡 일어나 앉았다. 올라프가 쓰러지기 직전에 눌렀던 전화번호가 만들어 낸 멜로디였다.

혹시 이 저택의 전화번호가 아닐까? 침대맡에 전화기가 있었지만 번호는 적혀 있지 않았다. 한밤중에 조사 작업을 벌일 수도 없는 노릇이었다. 번호를 기억하며 잠드는 수밖에. 새벽 네시에 잠을 깼을 정도면 내 기억력도 꽤 괜찮은 편이라고 자신해도 되는 것 아닌가? 하지만 애석하게도, 여태까지의 경험으로 미루어보건대 사람의 기억이란 부조리하기 짝이 없어서 아무 쓸모없는 정보는 잘도 제공해주는 반면 정작 필요할 때에는 입을 꾹 닫아버린다. 나는 악보도 그릴 줄 모르는데. 아아, 이 멜로디를 기록할 수만 있다면!

나는 전등을 켜고 종이와 연필을 찾았다. 그리고 음의 높이에 따라 점을 열 개 찍고 별자리를 그리듯이 직선으로 점들을 연결해보았다. 이렇게 표시해 놓은 것을 보고 그게 무슨 도움이 되겠느냐고 할 사람들도 있을 테지만, 때로는 아주 보잘것없는 실마리 하나만으로도 기억이 되살아날 수 있는 법이다.

확실히 그 서툰 그림만으로는 안심이 되지 않아서 다시 잠이 들려면 기적이 일어나는 수밖에 없을 것 같았다. 열 개의 음으로 된 터무니없는 멜로디가 머릿속에 딱 달라붙어버렸다. 마치 머릿속에 제거 불가능한 기계장치가 설치된 것처럼. 그 멜로디 때문에 스필버그 감독의 〈미지와의 조우〉라는 영화에 나오는 다섯 개의 음으로 된 신호가 생각났다. 외계인과의 교신에 쓰이던 신호, 화성인들을 부르기 위해 지구인들이 열광적으로 연주하던 그 신호가.

그러면 나는, 나는 누구를 부르고 있는 거지?

어느 순간이 되자, 화음이 내 안의 어떤 장치를 건드렸고 나는 소리를 내질렀다. 곧, 나는 지그리드가 내 고함소리를 듣지나 않았을까 걱정을 했다. 다음 순간, 나는 그녀가 내 외마디소리를 듣고 달려와 주기를 바랐다. 새틴으로 된 잠옷을 입고 내 방에 들어와 무슨 일이냐고 물어보아 주었으면. 그러면 악몽을 꾸었다는 핑계를 대고 제발 내 곁에 있어달라고 애원을 할 테다. 그 부드러운 손을 열에 들뜬 내 이마에 대고 자장가를 불러 달라고.

그런 일은 일어나지 않았다. 소리를 더 크게 질러볼까 했지만 차마 그럴 용기가 나지 않았다. 머릿속에서 아우성을 치는 멜로디를 잠재우기 위해, 나는 〈스트로베리 필즈〉와 〈인조이 더 사일런스〉와 〈불렛 위드 버터플라이 윙즈〉와 〈뉴 본〉의 내 맘대로 오케스트라 버전을 차례로 떠올려보았다. 하지만 이 불협화음도 도움이 되지 못했다. 열 개의 음으로 이루어진 그 멍청한 멜로디는 소리계의 잡초처럼 비틀즈와 디페쉬 모드와 롤링 스톤즈와 스매싱 펌킨스와 뮤즈를 뚫고 나왔다. 그 대신, 용을 쓰느라 온몸의 힘을 다 뺀 나는 다시 곯아떨어지고 말았다.

눈을 뜨니 아침 열시였다. 나는 벌떡 일어나 하얀색 타월지로 만든 목욕가운을 꿰어 입고 아래층으로 내려갔다. 지그리드를 부르며 찾아다녔지만 그녀는 없었다.

'저는 일요일만 집에서 지내요. 그 날만 집에 제가 있는

걸 견뎌주시면 되는 거죠.' 라고 했었지. 오늘은 월요일이
었다.

나는 맥이 탁 풀린 채 부엌으로 갔다. 그녀가 나를 위해
커피를 준비해놓았고 크루아상도 한 봉지 사다놓았다. 종
이에는 이런 메모가 적혀 있었다.

올라프,
편히 주무셨나요. 저는 오늘 저녁 일곱시쯤 돌아올
거예요. 혹시 무슨 문제가 생기면 제 휴대폰으로 전화
하세요. 번호는 06…
좋은 하루 보내세요.

2006년 7월 24일 베르사유에서,
지그리드

그녀는 내가 붙여준 이름으로 서명을 했다. 그 이름이
그녀에게 어떤 영향을 미쳤는지가 궁금했다. 대답을 듣기
위해 당장 전화를 하고 싶었지만 그런 행동은 적절치 않
다는 생각이 들었다. 나처럼 중요한 인물은 그런 행동에
시간을 허비하지 않는다.

비스킷이 다가와 크루아상을 먹고 있는 나를 뚫어져라 쳐다보았다. 빵 조각을 뜯어 주었지만 녀석은 싹 무시하고 말았다. 자기는 먹던 빵부스러기나 좋다고 받아먹는 그런 고양이가 아니라는 표정으로. 녀석의 살찐 등을 쓰다듬어주려 했지만 그마저도 피해버렸다. 자식, 낯을 가리는군.

커피를 마시면서 부엌에 있는 전화 수화기를 들고 06을 눌러보았다. 그 두 숫자가 내는 음은 밤새도록 머리에서 떠나지 않던 멜로디와 맞지 않았다. 01을 눌러보았다. 이번엔 맞았다. 04나 07일 수도 있지만, 올라프는 분명 파리에 전화를 한다고 했었다. 물론 그 말이 거짓말이 아니었다고 장담할 수는 없지만.

겨우 열시 반이었다. 조사 작업은 조금 있다가 계속 하기로 했다. 그 전에 욕조에 물을 가득 받아놓고 몸을 푹 담그고 있어야겠다고 마음먹었다. 내가 밥티스트 보르다브였다면, 지금쯤 사무실에서 동료들과 함께 일을 하고 있는 중이었을 테지. 어떻게 그 긴 세월을 이젠 거의 기억조차 나지 않는 일을 하며 낭비할 수 있었을까?

뜨거운 물에 몸이 노글노글해졌다. 행복했다. 팔팔 끓는 국물 속에 퐁 빠진 말린 버섯의 심정이 바로 이렇겠지.

왕년의 부피를 되찾는다는 건 아주 유쾌한 일이다. 나는 늘 저온 건조시킨 채소들을 불쌍히 여겨왔다. 몸의 수분을 죄다 잃었는데, 인생에서 무엇을 기대할 수 있겠는가? 포장지를 읽어보면 말린 채소에도 고유의 특성이 모두 보존된다고 씌어 있다. 뻣뻣한 마분지 같은 채소들에게 물어보라지. 보나마나 얘기가 다를걸? 썩지 않는다니, 지겨워서 어떻게 하라고!

이름을 올라프로 바꾼 다음부터 나는 온몸에 잔구멍이 숭숭 뚫린 느낌을 받았다. 내 몸은 쿠스쿠스(세몰리나 밀가루를 잘게 뭉쳐서 찐 것으로 그 위에 생선이나 채소 스튜, 고기 등을 얹어서 먹는다. 원래 북아프리카의 주식이었으며 프랑스인들도 즐겨 먹는 음식이다. : 옮긴이)를 만들 때 쓰는 굵은 밀가루처럼 주변의 수분을 좍좍 빨아들이고 있었다. 이런 현상이 계속되면 몸이 욕조에 꽉 끼일 만큼 불어날 텐데. 절임물이나 다름없는 목욕물에 들이부은 스칸디나비아산 거품목욕제의 양으로 보건대, 내 세포들은 비누냄새를 폴폴 풍길 게 뻔했다.

뇌가 물을 빨아들이기 시작하자, 나는 욕조 밖으로 나왔다. 중앙발전소만큼은 정상 작동하도록 놔두는 편이 나았다. 정전이 되면 곤란하니까. 거울 속의 나는 잘 익은

바닷가재 색깔을 하고 있었다. 목욕가운을 다시 입고 거실로 내려갔다. 거실에는 밥티스트 보르다브로서는 가져보리라고 꿈도 꿔보지 못한 오디오가 있었다. 스웨덴 사람들의 하이파이 사랑은 워낙 유명하지 않던가. 하루 낮하고도 이틀 밤을 이 집에서 보내는 동안 음악이라고는 '음' 자도 들어보지 못했다는 데에 생각이 미쳤다. CD플레이어에 마지막으로 음반을 넣은 사람은 틀림없이 죽은 올라프였겠지. 올라프가 나와 비슷하다면, 음악을 듣고 나서 음반을 케이스에 넣어 정리해 두지 않았을 테고. 나는 전원을 켜고 시험 삼아 플레이 버튼을 눌러보았다.

나의 선임자가 마지막으로 들었던 음악을 듣는다는 생각에 가슴이 마구 두방망이질쳤다. 첫 소절을 들어보니 클래식이었다. 아바풍의 스웨덴 노래가 아닌 게 얼마나 다행인지. 곧, 나는 그 음악이 뭔지 알아차렸다. 페르골레시의 〈슬픔의 성모〉.

그 순간을 완벽한 것으로 만들기 위해, 나는 부엌으로 가서 어젯밤에 마시던 클로 부조를 한 잔 따랐다. 그리고 거실로 돌아와 소파에 길게 누워 훌륭한 음악과 훌륭한 포도주를 음미했다. 덴마크 영화 〈바베트의 만찬〉에서 주인공 바베트가 차린 진수성찬에 깜짝 놀란 마을사람들이 식탁에 둘러앉아 함께 마시던 술이 바로 이 클로 부조였다. 확실히 북구 사람들은 부르고뉴 포도주에 일가견이 있다. 가만 있어 보자. 마지막으로 부르고뉴 포도주에 대한 이야기를 했던 사람이 있었는데, 누구였더라? 그래, 올라프가 죽은 직후에 내 집에 전화를 걸었던 포도주상. 그런데 솔직히, 나랑 단골거래를 하는 포도주상이 있었나? 하물며 부르고뉴 포도주를 전문적으로 취급하는 업자가? 밥티스트 보르다브는 그렇게 귀족적으로 포도주를 마시는 사람이 아니었다. 이 이야기에는 부르고뉴 포도주가 좀 과하다 싶을 정도로 많이 등장한다. 이것 역시 음모의 일부임에 틀림없었다.

올라프가 마지막으로 전화를 했던 번호를 찾아보기로 했었다는 게 생각났다. 그런데 이걸 어쩐다, 〈슬픔의 성모〉가 취향도 고상하신 내 뇌에 저장되었던 멜로디를 덮어버렸다. 하기야 페르골레시와 프랑스 텔레콤, 둘 중에 하나를 고르는 것이었으니, 선택은 어렵지 않았겠지. 하지만 난 열 개의 음으로 된 그 멜로디를 꼭 기억해내야 하는데, 기억을 어떻게 헤집어야 그걸 파낼 수 있담?

나는 머리를 쥐어뜯으며 뱅뱅 맴을 돌았다. 장엄한 관현악곡으로 침범당한 머릿속에서 너무나 단순한 곡조를

끄집어내는 것보다 더 어려운 일이 있을까. 별 볼일도 없는 코딱지만 한 마을의 잔해를 찾겠다고 으리으리한 도시를 파헤치고 다니는 느낌이었다. 이런 말도 안 되는 발굴 작업 때문에 나는 거의 미칠 지경이 되어가고 있었다.

급기야는 비명이 터져 나왔다. "페르골레시, 입 닥치지 못해!" 이렇게 시작된 비명은 점점 더 광란적이 되어 갔다. 비스킷이 경멸어린 눈초리로 나를 빤히 노려보았다. 나는 이층으로 달려 올라가 어젯밤에 그린 서툰 그림을 찾았다. 그 그림을 들여다보아도 멜로디는 기억나지 않았다. 얇아서 힘을 받지 못하고 휘청거리는 주걱으로 묵직한 파이를 들어 올리겠다고 덤비는 격이었다. 나는 절망에 빠져 비명을 질렀다.

아래층으로 다시 내려왔다. 부엌에 들어가니 지그리드의 메모가 눈에 띄었다. 그녀의 휴대폰 번호는 오늘 날짜와 일치했다. 나는 그 핑계를 들어 전화를 걸었다.

그녀가 즉시 전화를 받았다.

"휴대폰 번호가 오늘 날짜와 같은 게 우연입니까?"

"아뇨. 전 매일 아침마다 전화번호를 바꾸는 걸요. 오늘이 며칠인지 기억하는 하나의 방법이죠."

"정말요?"

"참나, 올라프, 우연이 아니면 뭐겠어요? 당신이 말해
주지 않았다면 전 알지도 못했을 거예요. 그런 세세한 것
에 신경 쓰는 사람은 당신밖에 없을 거라고요."
"그렇게 생각하세요?"
"네. 당신 직업에서 비롯된 습관이 아닐까 싶어요."
그녀는 다정하게 인사를 하고 전화를 끊었다. 어떤 직
업이 머릿속을 그런 식으로 바꾸어 놓을 수 있지? 비밀첩
보원? 그래, 첩보원이 아니고서야 누가 그런 세세한 것에
집착을 하겠어? 첩보조직에서는 나의 편집증적인 면이
아주 요긴하게 쓰일 것이다. 그리고 나의 선임자가 집에
첩보원을 들였다는 것은, 그 역시 같은 일을 한다는 의미
가 아닐까?
뇌라는 조직은 제멋대로 돌아가는 컴퓨터다. 열 개의
숫자가 만들어낸 그 멜로디가 갑자기 기억 속에서 솟구쳐
올랐다. 늘 이렇지, 정보가 필요해서 찾고 찾다가 급기야
포기해 버리면 그제야 불쑥 나타난다니까.
나는 이층으로 다시 올라가 각 방의 문을 열고 들어가
보았다. 책상이 있는 큰 방이 나왔다. 올라프의 방임에 틀
림없으렷다. 그의 책상에 앉아보았다. 전화번호부에 기록
된 전화번호의 개수를 보아하니, 멜로디에 맞는 번호를

찾아내려면 백 년은 족히 걸릴 것 같았다.

지금으로선 남는 게 시간일 뿐더러 이 일 외에는 달리 할 일도 없었다. 나는 곧 작업에 몰두했다. 우선 01과 04로 시작하는 번호부터 공략하기로 했다. 수화기를 들고 악보대로 버튼을 누른 다음 기억 속의 열자리 멜로디와 다르다는 것이 확인되는 순간 전화기를 내려놓았다. 알파벳 순서대로 시도해보는 것도 괜찮을 것 같았다. 다행히도 B로 시작하는 이름들 중에 보르다브라는 이름은 없었다. 이로써 올라프와 나는 아무런 관계가 없다는 것이 확인되었다. 바라던 바였다.

나는 단순노동이 체질적으로 맞는다. 그렇지 않다면 어떻게 그 오랜 세월 동안 같은 사무실에서 일을 할 수 있었겠느냐는 말이다. 나는 머리에 쥐가 나게 노력할 필요 없이 기계적으로 일하는 것을 좋아한다. 그게 아무것도 하지 않는 것보단 낫고, 그런 일을 하다 보면 머릿속의 고민도 해결된다. 일이 단순하면 할수록 상상력은 무궁무진하게 뻗어나가고 그러다 보면 기발한 생각이 떠오르기도 한다. 몸을 자동 주행 모드로 돌려놓아도 뇌의 회백질의 분석 기능은 멈추지 않는다.

시간이 좀 지나자 열 개의 숫자가 만들어 낸 음들이 얼마나 익숙해졌는지 건반악기가 없어도 그 음만큼은 충분히 읊을 수 있을 것 같다는 생각이 들었다. 나, 평소에 악보를 읽으며 훌륭하다고 찬탄을 터뜨리는 사람들을 너무나 존경해온 이 몸은 스스로 이룩한 약소한 발전에 뿌듯함을 느꼈다.

가끔씩 어떤 이름에서 영감을 받아 집중력이 흩어지기도 했다. 데스코비악 엘즈비에타. 엘리자베스의 폴란드식 이름임에 틀림없었다. 엘즈비에타, 정말 예쁘다. 엘즈비에타 데스코비악 같은 이름이 나오면 정신이 번쩍 났다. 다음 줄에 있는 데마레 폴 같은 이름은 절대로 낼 수 없는 분위기를 풍기는 이름이다. 데마레(Desmarrais), 늪에서 빠져나왔다니. 기계적인 작업을 반복 중이던 몸을 깨워 상상의 나래로 인도하는 것이 또 있었다. 전화번호의 접두사라고나 할까. 번호 앞에 붙은 00 822, 어느 나라의 국가번호일까? 더 심한 번호도 있었다. 00 12 (479)─태평양 어디쯤에 있는 섬나라 번호 같아 보였다. 그렇다면 그런 나라에도 전화가? 나는 야자나무 꼭대기에 올라가 있다가 전화벨 소리를 듣고서 부리나케 내려오는 한 남자의 모습을 상상해보았다.

때로는 악동들처럼 불쑥 그 전화번호를 눌러보고 싶은

충동이 치밀기도 했다. 내가 전화비를 내는 것도 아니니, 망설일 이유가 없었다.

"여보세요? 거기가 어디입니까? 나라 이름이 뭐죠? 거긴 지금 몇 시인가요?"

이런 어리석은 짓거리들이 시간을 많이 잡아먹었다. 오후 한시 삼십분이 다 되도록 진도는 알파벳 E까지밖에 나가지 못했다. 나는 부엌으로 내려가 물냉이 샌드위치를 만들었다. 물냉이는 맛있지만 꼼꼼하게 씻어야 한다. 그렇지 않으면 물냉이에서만 옮는 무시무시한 병에 걸릴 수 있다. 극심한 고통을 겪다가 숨이 끊어지는 끔찍한 병이다. 그런 점 때문에 물냉이가 사람들의 관심을 더 끄는 것 같기도 하다. 생선회로 치면 복어회요, 오락으로 치면 러시안 룰렛게임 같은 것이다.

다시 전화번호부 앞으로 돌아왔다. 샌드위치를 먹는 와중에 음을 잊어버렸다. 다시 번호를 눌러보아야 했다. 새로운 놀이를 발견한 정신지체아 같은 표정으로.

갑자기 전화벨이 울렸다. 혼비백산한 나는 어떻게 해야 할지를 몰라 허둥댔다.

결국 전화를 받았다. 사실은 벨소리를 도저히 참아낼 수가 없어서 어떻게든 멈추게 해보려던 시도였지만. 전화를 건 사람은 지그리드였다.

"죄송해요, 올라프. 혹시 남편에게서 연락이 있었나요?"

"아니요. 그런데 제가 집 전화를 받아도 되는 겁니까?"

"하시고 싶은 대로 하세요. 내 집이다 생각하시고 편하게 계셨으면 해요."

그녀는 자기가 하는 말이 어느 정도까지 사실인지 모르고 있었다.

"집에 전화를 여러 번 했는데, 계속 통화중이었어요."

"그게, 저어, 죄송합니다." 나는 아주 난처해하며 대답을 했다.

"어머, 아니에요. 죄송하다니요."

"올라프가 걱정되세요?"

"습관이 되어서요. 쓸데없는 걱정 따위는 하지 말아야 하는 건데, 그렇죠?"

"물론이죠."

나는 이렇게 말하고 전화를 끊었다. 그런 거짓말을 한 것이 부끄러웠다. 그녀는 '습관이 되어서요.' 라고 말했다. 이것으로 첩보원의 가설이 확실하다고 생각해도 될까? 비밀첩보원들 말고 또 누가 아내에게 한 마디 말도 없이 종적을 감출 수 있을까? 비밀첩보원, 아주 마음에 들었다. 한 번도 비밀스러워본 적이 없는 나였다. 내게 이런 변화가 생기다니. 그건 그렇고, 난 얼마나 더 오랫동안 지그리드에게 허풍을 떨 수 있을까? 그녀에 대한 호감은 커져만 가는데.

오후 시간은 어떻게 가는지도 모르게 지나가 버렸
다. 나는 자명종을 오후 다섯시에 울리도록 맞추어놓았
다. 언제까지고 올라프의 방에 틀어박혀 전화번호부를 들
여다볼 수는 없는 일이었다. 자명종이 울렸을 때, 조사 작
업은 '나도 모르는 사이에(inconscient)' 의 첫 글자인 알
파벳 I까지 진행되어 있었다.

그 전에 G에서 진도를 나가지 못하고 한참을 붙잡혀 있
었다. 올라프는 G로 시작하는 성씨를 가진 사람들을 비정
상적일 정도로 많이 알고 있었다.

나는 여전히 목욕가운을 입은 채 거실로 내려가 소파
위에 풀썩 주저앉았다. 조사 작업에 힘이 다 빠져 버렸다.
나는 하루 종일 고되게 일을 하고 집에 돌아와 아내의 귀

가를 기다리는 남편이 되어 순간을 음미했다. 지그리드를 다시 볼 생각에 기분이 들떴다. 뭘 하러 나갔을까? 그녀에게 그런 걸 물어 볼 수는 없겠지.

현관문 열리는 소리가 나자 나는 그녀를 맞으러 나갔다. 지그리드는 유명한 가게들의 이름이 새겨진 쇼핑백을 양 손에 주렁주렁 매달고 있었다.

"도와드릴까요?"

"고맙지만 괜찮아요. 무겁지 않거든요. 가서 샤워하고 내려올게요."

나는 소파에 몸을 묻고 내 추측이 맞는지 자문해보았다. 지그리드는 온종일 고급 상점들을 돌면서 올라프의 돈을 펑펑 쓰고 다니는 것 같아 보였다. 그렇게 사는 게 가능한가? 나는 나의 무지몽매를 즐겼다.

그녀가 거실로 왔다. 새로 산 옷을 개시한 것 같아 보였다. 그 옷이 새로 산 옷이라는 것을 내가 어떻게 알았느냐고? 나는 그녀의 옷장 속에 무엇이 들었는지 전혀 몰랐다. 하지만 생각해보면 그럴 수밖에 없는 일이었다. 여자가 쇼핑을 하고 왔다면 새로 산 옷을 당장 입어보고 싶은 거야 당연한 일 아닌가? 게다가 그녀는 새 옷을 처음 입은 여자들이 취함직한 태도를 보이고 있었다. 옷이 예쁘다는 말을 할까 하다가 남편의 역할에 익숙해져야 한다는 사실을 기억했다. 그래서 아무 말도 하지 않았다.

"올라프에게서는 아직도 전화가 없었나요?"

"없었어요. 이것 보세요, 지그리드, 걱정할 이유가 하나도 없다는 걸 당신도 잘 알고 있잖아요."

나는 약간 짜증스럽다는 투로 말을 했다. 이런 퉁명스러운 말투에 그녀는 오히려 안심을 하는 것 같았다.

"맞아요. 제가 어리석은 거예요. 오래 전에 알았어야 했는데."

'뭘 안다는 거지?' 아무런 대꾸 없이 나는 이런 생각을 했다.

"외출하고 싶지 않으세요?" 그녀가 물었다.

나는 그녀가 함정을 파고 있다는 낌새를 챘다.

"당신은요?"

"전 하루 종일 밖에 있었는걸요. 그렇지만 당신은 사흘째 집안에만 계시잖아요. 외출하고 싶으실 것 같아서."

"아뇨. 집안에만 있어보니까, 이것도 좋은데요."

"그러시군요." 그녀가 미소를 지었다.

휴우.

"외출하고 싶지 않다고 하시니 전 참 기뻐요. 여길 편하게 느끼신다는 의미이니까요."

"이 저택을 좋아하십니까?"

"너무나."

"혹시 이런 생각은 해 보지 않으셨나요? 집안 장식이 너무……"

어떤 말을 골라야 할지, 망설여졌다. 취향이 고약하달 수도, 화려하달 수도 없고, 그저 가증스럽다고 표현할 수밖에 없었지만 그 말을 입에 담을 수는 없었다.

그녀가 어깨를 살짝 으쓱해보였다.

"보비니와는 다르다는 말씀을 하시고 싶으신 건가요? 그렇긴 해요. 하지만 분명한 건, 조용하고 고급스러운 이곳이 저를 구해주었다는 거예요."

"만약에 당신이 선택할 수 있는 입장이었다면, 이 저택을 골랐을까요?"

"모르겠어요. 제게 선택권이 없었던 게 다행이에요. 제가 그런 선택을 할 수 있었을지 전 정말 모르겠거든요."

"이 집은 올라프가 골랐습니까?"

"아뇨. 남편의 선임자가."

내 선임자에게 선임자가 있었단다.

"올라프도 여길 좋아합니까?"

올라프에 대한 이야기를 현재형으로 하자니 힘들었다.

"몰라요. 그런 얘기를 한 적이 없으니까. 제가 굳은 결심을 하고 외출을 한다는 걸 모르셨죠? 전 밖에 나가야 한다고 저를 다그쳐요."

"왜요?"

"그렇게 하지 않으면 집 밖으로 한 발자국도 나가지 않을 테니까요. 필요한 물건들을 배달시키면서 여기 틀어박혀 살게 될 거예요."

"그게 어때서요? 그렇게 한다고 피해를 보는 사람이 있습니까?"

"벌써 그렇게 해 봤어요."

"어떻던가요?"

그녀는 당황한 표정으로 이야기하고 싶지 않다는 듯이 고개를 가로저었다.

"아무튼 전 사흘째 집 밖에 나가지 않았고, 지금 같아선 앞으로도 계속 그렇게 해 볼까 하는데요."

"제발 그렇게 해 주세요!" 그녀가 열광했다. "제가 당신이라면 저도 그렇게 했을 거예요."

"제가 있는 게 거추장스럽지 않으세요?"

"오히려 그 반대예요. 혼자 있는 것보다 좋아요."

"알겠네요. 꼭 내가 아니어도 누군가가……"

"그런 뜻이 아니에요. 전에도 올라프의 동료들이 집에 와서 묵어갔어요. 하지만 당신은 그 사람들과 달라요."

"무슨 말씀이신지."

"다른 사람들은 여기에 머무는 것을 임무와 임무 사이의 휴식이라고 생각해요. 호텔에 묵는 것처럼, 여기 있는 것 자체에 관심을 두지는 않아요. 다들 떠나고 싶어서 안달을 하는 것 같아요. 그 사람들의 생활은 다른 곳에 있어요. 물론 전 이해해요. 하긴, 뭣 때문에 이 집을 중요하게 생각하겠어요? 하지만 당신은, 당신은 여기 계시는 것을 좋아하시는 것 같아요."

"맞습니다."

"그래서 기뻐요. 이 집에 대해 궁금해하시기도 하고, 서가에 있는 책도 꺼내 보시고. 게다가 함께 있으면서 제가 호텔 직원이 된 것 같은 기분이 들지 않은 사람은 당신이 처음이에요."

"정말로요?"

"네. 당신 동료들이 무례하다는 뜻이 아니에요. 직업상 말을 아껴야 하니까요. 하지만 당신이 오신 다음부터, 전 존재하고 있다는 느낌을 받고 있어요."

“올라프와 함께 있어도 그런 느낌을 받겠죠.”

“당신과 함께 있을 때보다 그런 느낌이 덜해요. 그렇다고 제가 남편의 은혜를 모르는 건 아니에요. 올라프는 저를 구해주었고 저에게 참 잘해주었어요. 당신은 제게 관심을 보여주셨지요. 아니, 적어도 저는 그런 인상을 받았어요.”

“당신에게 관심이 있는 거, 맞아요. 바로 보셨습니다.”

“고마워요. 당신처럼 위험부담이 어마어마한 흥미진진한 인생을 사시는 분이 저같이 보잘것없는 사람에게 관심을 가져주시다니.”

‘위험부담이 어마어마한 흥미진진한 인생’ 이라. 천만에! 나의 존재에 흔적을 남긴 유일한 사건은 올라프의 죽음과 그의 아내와의 만남인걸. 그녀가 그 사실을 안다면!

“당신은 보잘것없는 사람이 아닙니다. 그 반대죠.”

더 이상 사족을 덧붙이면 너무 심각해 보일 것 같아 그만두었다.

“아니요. 사실이에요, 올라프. 제가 하루 종일 뭘 하고 지내는지 한번 보세요.”

“제가 그걸 알아야 말이죠.”

드디어 그녀의 일상을 더 알 수 있게 되다니, 나는 뭘 뜻이 기뻤다. 그런데 하필이면 그 때를 골라 돼지 같은 고양이놈이 못마땅한 표정으로 여주인 앞으로 와 자리를 잡고 앉았다.

"너, 배가 고프구나. 얼른 밥 줄게."

"좀 있다가 주면 안 되나요?"

"안 돼요. 비스킷이 배가 고프다고 하는데 바로 먹이를 주지 않으면 테이블 위로 올라가 물건들을 엎어버려요. 그런 식으로 깬 꽃병이 몇 개인지 셀 수가 없을 정도라니까요."

"영리하네요. 만일 제가 그런 짓을 하거든, 제게도 곧 먹을 걸 주셔야 합니다."

그녀가 웃었다. 나는 그녀를 따라 부엌으로 갔다. 비스킷은 별 네 개짜리 고양이밥에 달려들었다.

"샴페인을 한 병 가져올까요?"

버릇이 나오는군.

그녀가 지하실에 간 틈을 타, 나는 고양이에게 욕을 해주었다.

"바보 같은 놈. 지그리드가 드디어 자기 하루 일과를 알려주려는 참이었는데, 그 새를 못 참고 꼭 그렇게 야옹거려야 했냐고."

비스킷은 내게 눈곱만큼의 관심도 보이지 않았다. 고양이의 압도적인 승리였다.

지그리드가 뵈브 클리코 한 병을 얼음 채운 통에 담아 가지고 왔다.

"우리, 이틀에 한 번은 뵈브를 마시기로 해요." 그녀가 말했다.

그녀는 내가 이 집에 오래 있으리라고 예견한 것 같았다. 나로서는 다행한 일이었다.

"거실로 나가면 안 될까요? 고양이 냄새와 샴페인은 좀……."

"그러네요."

게다가 지그리드를 비스킷과 공유하고 싶지는 않았다.

그녀가 성에로 덮인 샴페인 잔을 채웠다.

"오늘 저녁에는 누구를 위해 건배할까요?"

"지그리드를 위하여. 제가 당신에게 부여한 새로운 신원을 위하여."

"지그리드를 위하여."

그녀는 이렇게 말하고는 보는 사람을 무장해제시키는 관능적인 모습으로 샴페인을 마셨다.

나는 그녀에게 이야기를 계속 해달라고 할 용기를 내기

위해 단숨에 잔을 비웠다.

"고양이가 방해를 하기 전에, 하루 종일 무엇을 하시는지 이야기하고 있었어요."

"이야기라고 할 만큼 길지가 않아요."

"시작도 하지 않으셨는데요."

"아까 제가 들어오는 걸 보셨잖아요. 대답은 그걸로 충분하지 않나요?"

그녀의 기분을 상하게 했나 싶었다. 나는 무슨 말을 해야 할지 고민하면서 두 번째 잔을 채웠다. 위험하지 않은, 혹은 불편하지 않은 대화 주제를 골라야 하는데, 무슨 이야기를 해야 하지?

어지러웠는지 지그리드가 미안하다고 말하고는 소파에 누웠다.

"공복에 샴페인을 마시니까 그렇잖아요. 오늘 아무것도 먹지 않았죠?"

"괜찮아요. 전 머리가 빙빙 도는 게 좋아요."

그녀가 흘리는 웃음을 보아하니 얼큰히 취한 것 같았다. 지금이 기회였다.

"지그리드, 당신에 관해 얘기해주세요."

"할 얘기가 거의 없어요. 전 이름도 없는걸요. 이 집을 스쳐가는 사람들을 맞아 접대하는 게 제 일이에요. 그분들의 비밀을 지키는 것 하고."

"당신은 그 사람들보다 훨씬 더 비밀스러운 사람 같은데요."

"올라프, 그렇지 않다는 걸 잘 아시잖아요. 이미 말씀드렸듯이 저에 관해서는 할 이야기가 거의 없어요."

"자신에 관해 할 얘기가 있다는 사람은 비밀스러운 사람이 아닌 거죠."

"한 잔 더 따라주세요. 안 된다는 말씀은 마시고요."

나는 시키는 대로 했다. 그녀는 샴페인을 마시기 위해 몸을 일으켜 앉더니 한 모금을 마시고 중얼거렸다.

"저는요, 제 인생에 아무 의미가 없어서 좋아요. 아마 저울에 달아도 무게가 나가지 않을 거예요."

"무게가 나가지 않을 수는 있어요. 하지만 의미 없다는 말은 틀렸어요. 당신은 올라프의 삶의 의미라고요."

그녀가 웃음을 터뜨렸다.

"절대로 아니에요."

"올라프는 당신과 결혼했잖아요."

"그 사람이 체면치레하려고 저랑 결혼한 거라는 사실은 제가 말 안 해도 아실 텐데요."

아니, 말 안 했으면 몰랐을 거다. 하지만 그 이유를 물어볼 수는 없었다.

"그래도 감정은 있었겠죠." 즉흥적으로 나온 말이었다.

"그래요. 남편은 저를 많이 사랑해요."

"올라프가 당신에게 빚이 많군요."

"오히려 제가 남편에게 빚을 졌죠. 다 빚인 걸요."

"올라프의 손님들을 극진하게 대접하시잖아요. 전 확실히 압니다."

"그런 건 어렵지 않아요."

"그렇지 않아요. 저는 이렇게 극진한 대접을 처음 받아봅니다."

"설마하니 그렇겠어요? 테헤란에서만 해도 환영이 대단했다고 확실히 들었는데."

테헤란? 내가 테헤란에서 일을 했어? 그런 소리를 듣고 아무렇지도 않은 척하자니, 정말 미치고 팔짝 뛸 지경이었다.

"이유는 간단해요. 전 테헤란에서의 일을 거의 기억하지 못하거든요."

"좋은 징조군요. 사람은 충격적이었던 일이나 난처했던 일들을 기억하죠."

"아니면 마음을 사로잡았던 일들을."

"샴페인을 마시니까 그런 말도 들어보네요, 기분이 좋아요!"

그녀가 웃었다. 혹시 내가 너무 지나친 말을 한 게 아닐까 걱정이 되었다.

"당신은 남들이 부러워할 만한 일을 하지는 않아요. 비밀이 없는 사람이 어디 있겠어요. 하지만 적어도 우리는 그 비밀을 우리 마음대로 할 수 있어요. 비밀을 지키느냐 마느냐, 선택을 할 수 있다는 말이에요. 원하는 사람에게 원하는 이야기를 할 수 있다고요. 당신의 경우엔, 그걸 자기 마음대로 할 수가 없어요, 당신에겐 결정적인 내용도 모르면서 어떤 정보의 비밀을 지켜야 할 때도 있을 것 같아요. 당신에겐 중요한 것 같지도 않은 것들을 전달하고 감추느라 목숨을 걸어야 할 경우도 있을 테고."

이제 확실해졌다.

비밀첩보원, 틀림없이 비밀첩보원이다.

나는 무덤덤한 표정으로 응수했다.

"그런 경험을 하는 사람이 어디 저뿐이겠습니까? 시시한 사건을 해설하는 기자나, 자기는 절대 사지 않는 물건을 선전하는 광고업자나, 거식증에 걸린 요리사나, 신앙을 잃은 성직자나……"

"전 그런 생각은 해보지도 않았어요." 그녀는 경탄을 금치 못하며 이렇게 말하고는 내 잔을 채웠다.

"왜 이 직업을 선택하셨어요, 올라프?"

그녀의 질문이 너무나도 마음에 들었다. 모름지기 비밀 첩보원의 곁에는 목 긴 잔에 샴페인을 따라주는 금발 미인이 있기 마련이다. 그나저나 상대는 진지한 대답을 기대하겠지. 실망시키지 말아야 할 텐데.

"선택일까요, 지그리드? 운명입니다. 선택당한 거죠."

"선택받았다는 걸 어떻게 아나요?"

나는 샴페인을 한 모금 마시고 순수하게 즉흥적인 대답을 끌어내기 위한 고전압 상태로 돌입했다.

"그건 어렸을 때부터 시작되는 거예요. 어른들이 뭔가 숨기고 있다는 느낌을 받으면, 내면의 한 부분에서는 그럴 수도 있으니까 좀 기다려보라고 하는 소리가 들려요. 크면 다 알게 된다고 말이죠. 그런데 다른 쪽에서는 그걸 못 견디는 거예요. 어른이 되어봤자 그냥 알게 되는 건 없으니까 알고 싶으면 끝까지 캐내서 알아내야 한다고 부추기는 거죠."

"그래요, 하지만 그건 당신 직업이 가진 능동적인 면이에요. 수동적인 면은 훨씬 더 견디기 힘들 것 같아요. 욕구불만에 시달릴 수도 있고."

"수동적인 면이라니, 그게 무슨 뜻이죠?"

"그러니까, 비밀을 지켜야 하는 것 말이에요. 그런 운명이라는 것은 어떻게 아는 걸까요?"

그에 대한 완벽한 대답이 될 수 있는 기억, 내가 진짜로 겪었던 어린 시절의 기억을 떠올리며 나는 빙긋 웃었다.

"어렸을 때에는 누구나 비밀을 지키지 못해요. 기저귀를 떼는 것처럼 그것도 성장의 한 과정이라고 할 수 있죠. 가만 생각해보면, 그 두 가지 면에는 어떤 연관성이 있는 것 같아요. 난 두 방면에서 다 늦됐거든요. 아홉 살 때, 그 분야에서 마지막 실패를 경험했어요. 그 방면으로 늦됐다는 걸 잘 알고 있었으면서도 나도 할 수 있다는 걸 증명해 보이고 싶었어요. 하루는, 부모님이 내게 뭔가를 감추는 것 같은 느낌을 받았어요. 내가 누나에게 발설할까봐 그러셨나본데, 나는 이야기를 해주지 않는다고 펄펄 뛰면서 화를 냈어요. '나한테도 알려 줘. 나도 비밀을 지킬 줄 안단 말이야. 두고 보면 알잖아.' 할 수 없이 어머니가 귓속말로 알려주었죠. '누나 생일날, 선물로 피아노를 사 줄 거야.' 전 그 말을 듣고 한 십초 동안 얼이 빠져 있다가 큰 소리로 외쳤어요. '쥘리 누나! 엄마 아빠가 누나 생일선물로 피아노를 사 준대!' 왜 그랬는지는 나도 모르겠어요. 비밀이 입 밖으로 터져 나와 버렸거든요. 화산에서 솟는 뜨거운 물 있죠? 그런 간헐천이 분출하는 것 같더라고요. 식구들이 얼마나 놀렸는지 모를 겁니다. 누굴 만나든 부모님이랑 누나는 이 이야기를 꺼냈어요. 정신없이 웃으면서 내가 병적으로 비밀을 지킬 수 없는 사람들 중에서도 제일가는 애라고요."

"귀여운데요."

"그 당시에는 전혀 귀여워 보이지 않았어요. 얼마나 창피하던지, 속으로 끙끙 앓았다니까요. 정반대의 인간이 되고 싶다는 욕구가 생겨난 게 바로 그때지요. 비밀 지키기 올림픽 챔피언이 되자."

"어떻게 하면 그렇게 되는데요?"

"우선 작은 것에서부터 출발해야죠. 학교 가는 길에, 아무도 모르게 담장에 걸어둔 화분을 5미터 정도 옮겨놓는 거예요. 그리고 그걸 비밀로 정하는 거죠. 속으로는 남들에게 얘기하고 싶어 죽어요. 아무도 그런 것에 관심이 없겠지만, 상관 없어요. 비밀의 진정한 속성은 마음 속으로 정하는 것이니까요. 그 생각이 자꾸만 나요. 생각을 하고 또 하죠. 매일 아침 학교 가는 길에, 그 벽에 가까이 가면 갈수록 몸이 떨려 와요. 화분이 내가 옮겨놓은 자리에 그 대로 있을까? 혹시 주인아줌마가 눈치를 채고 원래 자리로 옮겨 놓은 건 아닐까? 화분이 내가 옮겨놓은 자리에 그 대로 있는 것을 확인하는 순간, 가슴이 마구 쿵쾅거리죠.”

“그런 훈련은 어떻게 끝이 나나요?”

“끝은 없어요. 언젠가는 초등학교를 졸업하게 되죠. 중학교에 가려면 다른 길로 가야 하니까 혼란스러운 화분 옮기기 사건이 어떻게 끝날지 아무도 모르는 거죠. 이제 한층 발전된 고난이도의 비밀 지키기에 도전하는 거예요. 그러니까, 좀더 말이 되는 것으로. 아무도 모르게 여자 누드사진을 교실 벽에 붙여놓는다든지. 이번에도 역시 그렇게 대담한 행동을 한 게 바로 나라는 이야기를 하고 싶어 미치죠. 그러다 보면 어느 날 더 이상 만들어낸 비밀이 아닌 비밀을 지킬 훈련이 되어 있다는 걸 알게 돼요. 교장 선생님의 차를 망가뜨린 범인이 발각되면 골치가 아파질 테니까, 조심해야 한다는 사실을 아는 날이 온다고요.”

“일부러 차를 망가뜨렸어요?”

“일부러 그런 건 아니지만.”

지그리드가 내 말을 곰곰이 생각해보는 것 같았다. 내

가 하지도 않은 일을 하게 된 동기를 설명할 수 있었다는 사실이 여간 자랑스럽지 않았다. 그녀가 믿는 내 직업이 다른 것이었다면 이런 식으로 꾸며댈 수 있었을까 생각하고 있는 차에 그녀가 말했다.

"이상하네요."

"그렇죠?" 뭐가 이상하다는 건지 알지도 못하면서 나는 맞장구를 쳤다.

"스웨덴 사람들도 딸에게 쥘리라는 이름을 붙이나 봐요? 그럴 것 같지 않은데."

머릿속에서 난리가 났다.

'거 봐, 넌 아홉 살 때나 지금이나 똑같아. 어떻게 그렇게 비밀을 못 지키냐! 아주 잘나셨어!' 머릿속의 아우성에도 불구하고 나는 빛의 속도로 상황을 수습해 고비를 넘겼다.

"이상할 것은 없습니다. 우리 부모님은 친 프랑스파였거든요."

"하지만 당신에겐 올라프라는 이름을 지어줬잖아요."

"동시에 애국자이기도 했으니까요. 저, 어젯밤에 남겨둔 음식을 데워야겠어요. 두고 보세요. 하루 놔뒀다가 먹으면 더 맛있다는 사실을 확인할 수 있을 테니까."

스파게티 삶을 물이 끓는 동안 나는 고기잡탕을 불에 올려놓고 주걱으로 천천히 저으며 차게 굳은 국물을 풀었다. 저녁식사를 마친 비스킷은 어디로 사라졌는지 보이지 않았다. 지그리드가 부엌에 상을 차렸고 나는 음식을 접시에 담았다.

"고기가 더 연해지고 버섯 맛이 푹 밴 것 같지 않나요?"

"그런 것 같아요." 그녀가 예의상 열심히 대답했다.

음식을 깨작대는 모습을 보니 짜증이 치밀었다. 더 이상 참을 수가 없었다.

"왜 여자들은 적게 먹는 게 매력적이라고 생각하는 거지요?"

"왜 남자들은 여자들의 궁극적인 목표가 남자들에게 매력적으로 보이는 거라고 생각하는 거죠?"

성미를 제대로 건드렸군. 나도 모르게 웃음이 터져 나왔다.

"부담 느끼지 마세요. 남기는 건 내가 먹을게요. 물론 그렇게 하는 게 찝찝하지 않다면."

"제가 남긴다고 누가 그래요?"

"직감으로 아는 거죠."

결국, 많이 남았다. 그녀는 자기 접시를 내게 밀어주었고 난 체면 불고하고 남은 음식을 깨끗이 먹어치웠다.

"내일 저랑 같이 가주시면 너무나 좋을 텐데."

"쇼핑백 들어 줄 사람이 필요해요?"

"내일은 박물관에 갈 거예요."

박물관에는 왜 가느냐고 물으려는 순간, 내겐 전화번호를 찾아야 하는 임무가 있다는 생각이 퍼뜩 들었다.

"이걸 어쩌나. 안 되겠는데요."

"할 수 없죠. 당신이 함께 가주시길 너무나 바랐는데."

"왜요?"

"박물관에 갈 때, 아는 게 많은 분이 동행해 주면 좋으니까요."

"그렇게 봐 주시다니, 고맙네요. 하지만 나랑 같이 가도 달라지는 건 없을 거예요. 난 박물관에서는 한 마디도 하지 않거든요."

사실 이건 거짓말이 아니었다. 나는 절대 박물관이라는 곳에 가지 않으니까.

"박물관에 자주 가십니까?"

"네. 파리 같은 세계적인 대도시 가까이에 살면서 박물관에 자주 가지 않는다는 건, 목장 주인이 말을 타지 않는 경우처럼 잘못된 거예요. 그렇게 생각하지 않으세요?"

"전 박물관에 발을 끊은 지가 얼마나 되었는지도 모를 지경인데요."

"그렇게 비교해선 안 되겠죠. 당신이 어떤 삶을 살고 계시는지, 전 충분히 알고 있거든요. 저는 활동적인 사람이 아니에요. 박물관은 저 같은 사람들을 위해 만들어진 거예요."

"내일은 어느 박물관에 갈 거예요?"

"현대미술관하고 그 옆에 있는 팔레 드 도쿄에 가려고 해요."

박물관에 가지 않아도 된다는 사실에 안심하는 내 꼴이 부끄러웠다.

침실로 가려던 그녀가 아침에 크루아상이 괜찮더냐고 물었다. 나는 끝까지 철면피로 나가기로 했다.

"건포도 빵이면 더 좋을 텐데."

"알겠어요." 그녀는 불쾌한 기색 하나 없이 이렇게 말하고는 침실로 갔다.

무시무시하리만치 잠을 잘 잤다. 지난 두 밤에도 잠을 많이 잤고, 일어나기도 늦게 일어났다. 중노동에 시달린 것도 아닌데, 어떻게 이럴 수가 있지? 불면증은 어림도 없는 소리였다. 내 집에 살 때, 다시 말해 내가 나로 살 때는 불면증을 달고 살았다. 여기, 베르사유의 이 저택에 온 이후로는 숙면을 취할 수 있었다. 이젠 불면증을 걱정할 이유가 전혀 없었다.

나는 침대에 그대로 누워 깊은 휴식을 취한 육체에 차오르는, 믿어지지 않으리만치 관능적인 쾌락을 음미했다. 샤워를 했더니 그런 밤의 독기가 빠져나갔다. 타월지로 된 가운을 입으며 나는 이 옷이 오랫동안 나의 제복이 되리라는 것을 어렴풋이 감지했다.

부엌으로 내려가니 건포도 빵 한 봉지가 나를 기다리고 있었다. 나는 변덕을 부리는 대로 다 받아들여지는 꼬마가 된 듯이 웃음을 터뜨렸다. 지그리드의 메모가 나의 기쁨을 더했다. 〈이 빵이 마음에 드셨으면 해요.〉라는 한 문장은 어제 크루아상에 곁들여 있던 것과 같은 것이었지만 마치 새로 차린 아침식사처럼 신선해 보였다.

나는 빵을 먹으며 희희낙락했다. 우선은 건포도 빵이 무척 맛있었기 때문이고, 다음으로는 박물관에 가지 않아도 되기 때문이었다. 커피를 마시며 생각해보았다. 박물관을 그토록 싫어하는 이유가 뭘까? 우리 부모님은 내 교육에서는 성공을 거두었다고 할 수 있었다. 나는 책읽기도 좋아하고 음악도 좋아한다. 그런데 어째서 박물관이라는 항목에서만큼은 실패를 한 걸까?

내가 처음으로 가 보았던 박물관을 떠올려보았다. 그때 내 나이가 아마 여섯 살이었던 것 같다. 부모님 손에 이끌려 보러 간 전시회가 아즈텍 문명전인지 중국 문명전인지, 유럽인지 아프리카인지 구별할 수가 없었다. 조각상이며 그림이며 깨진 항아리며 고분 등이 모두 헛갈렸다. 한 가지 확실했던 건, 현대 뭐라고 했음에도 불구하고 전시된 것들이 죄다 오래된 것들이었다는 사실이다.

엄마는 계속 감탄을 하며 나의 '소감'을 물었다. 나는 아무 느낌도 받지 못했다. 단지 나로서는 끊임없이 절정에 오르는 엄마의 쾌감을 결코 흉내내지 못하리라는 점, 더군다나 그런 느낌을 받을 수는 없으리라는 생각뿐이었다. 하지만 대답을 하지 않을 수는 없어서 그냥 '아름다워.'라고 대답해 버렸는데, 하필 그 때 우리 가족은 인신공양(人身供養)의 장면을 복원해 놓은 전시대 앞에 있었고 나는 설명이 새겨진 판 옆에 서 있었다. 어쨌거나 부모님은 나의 의견이 몹시 흡족한 모양이었다. 나는 부모님도 그게 아름답다고 생각하는 거라는 결론을 내렸고 취향치고는 참 고약하다는 생각을 했다.

박물관 안에는 미라의 냄새가 배어 있었다. 시체를 전시하는 것이 유행의 절정이던 박물관 같은 곳에 시체가 없는 경우는 드물었지만 시체가 없어도 박물관에서는 죽음의 냄새가 났다. 묘지에서 목격하는 가슴 먹먹한 죽음이나 전쟁에서의 가차 없는 죽음이 아닌, 공식적으로 기념하는 지루한 죽음의 냄새가.

엄마가 고물들을 마주하고 짜릿한 경련을 일으켰던 반면, 내가 보기에 아버지는 감명을 받는 척하고 있었다. 아버지는 너절한 잡동사니들을 아무 감정도 없이 그저 예의상 바라볼 뿐이었다. 박물관에서 붙여놓은 설명을 큰 소리로 읽을 때만 빼고 말이다. 우리 가족이 원시예술 전시회를 관람했던 내 나이 열 살 때, 나는 그 증거를 확보할 수 있었다. 한 구석에 알록달록한 색깔로 상감 장식이 되어 있는 지팡이들이 전시되어 있었다. 아버지가 그 흉물스러운 지팡이를 가까이 가서 들여다보았다. 아마도 그런 물건을 전시할 수도 있다는 것에 호기심이 발동했던 것 같았다. 아버지는 큰 소리로 설명을 읽었다. "사모아 섬, 조각 버팀목, 쥘리, 밥티스트, 이리 와서 이것 좀 봐라." 그리고 비꼬는 투도, 뭔가를 암시하는 투도 배어 있지 않은 덤덤한 목소리로 한 마디를 덧붙였다. "조각 버팀목이란다. 멋지구나."

누나와 내가 경악의 눈길을 주고받았던 기억이 난다. 아버지의 그 한 마디는 에드가 피에르 자콥스(1904-1987, 벨기에의 만화가, 『블레이크와 모티머』 시리즈로 유명하다 : 옮긴이)의 만화 주인공인 모티머 교수가 카이로에 가서 읊은 대사 그대로였다. 모티머 교수는 양피지 두루마리를 읽었던 것이었는데.

사실 박물관에서 나의 유일한 관심의 중심은 우리 부모님의 태도였다. 그리고 돌아오는 길, 차 안에서 날이면 날

마다 똑같이 반복되는 한 마디. "전시회를 보고 나면 정말 피곤해. 하지만 아이들이 봤으니까 됐어. 밥티스트가 멋졌다잖아." 문화는 오해에 그 근거를 둔다.

아무튼, 만약 박물관이 그저 지루하기만 했다면 박물관을 혐오하는 지경에까지 이르지는 않았을 것이다. 지루한 건 괜찮다. 하지만 관심을 표현해야 하는 압박에 시달리면서 지루해하는 괴로움이란!

커피도 다 마시고 옛 추억도 끝을 낸 다음 나는 이층으로 올라가 책상 앞에 앉았다. 그리고 전화번호부의 I를 펼치고 다시 작업에 착수했다. 귀에 수화기를 대고 있자니 올라프의 과거에 청진기를 대 보는 것만 같았다. 나는 이런 편집증적인 확인 작업이 좋았다. 박물관하고는 또 다른 재미가 있었다. 손가락으로 번호를 누르다가 바라는 멜로디와 다르다 싶으면 동작을 멈추었다. 남의 금고를 열려고 비밀번호를 찾는 자의 표정을 하고서.

I. J. K. L. M. N. O. P. Q. R. S. 일이 몸에 익었는지 어제보다 진도가 빨랐다. K와 특히 Q는 유달리 짧았다는 점을 밝혀두어야겠다. 가끔씩 방심하다가 전화번호를 끝까지 누르고 누군지 모르는 누군가가 전화를 받을 때까지 기다리는 경우도 있었다. 나는 실수한 것 같다고, 미안하

다고 말하고 전화를 끊었다.

현실과 단절된 한낱 기계가 되어 전화번호를 누르다가, 문제의 열자리 음을 들었다. 머릿속 경보장치가 가동되었고 나는 곧 전화를 끊었다. 누구에게 전화를 한 거였지? 슈네브 조르쥬(Sheneve George). 어느 나라 사람이기에 조르쥬 슈네브 같은 이름을 쓰나? 정말이지 모르겠다. 슈네브라고 발음하는 게 맞나? 아니면 셰네베? 쉬네브? 세느브? 그리고 조르쥬는 요르헤라고 해야 하는 건가, 우리나라에 흔한 조르쥬라고 해야 하는 건가? 조르쥬가 맞는다면 이 이름의 주인공은 노인 양반일 텐데.

그 사람과 통화를 해야 했지만 용기가 나지 않았다. 결국 이건 우연일지도 몰라. 게다가 전화번호부의 맨 끝까지 자세히 조사해보지도 못했잖아? 슈네브부터 Z까지, 그 멜로디를 만들어 낼 전화번호가 더 있을 수도 있어. 아니지, 그런 일은 없을 거야, 비열하게 굴지 말자고. 자, 그 고생을 해놓고 이제 와서 그만둘 순 없어. 올라프가 내 집 거실에서 죽기 직전에 통화를 하려고 했던 사람은 이 조르쥬 슈네브가 틀림없을 거야.

나는 숨을 한 번 크게 들이마시고 장송곡 멜로디를 만들어내는 전화번호를 눌렀다. 오랫동안 신호가 갔다. 지난번에는 내 집 전화의 ‘재다이얼’ 버튼을 눌렀었다. 상대 집에 자동 응답기가 없다는 사실은 이미 확인해둔 바 있었다. 아무도 전화를 받아주지 않기를 바라기 시작했을 때, 누군가가 전화를 받았다. 여자였다.

“여보세요?”

“안녕하십니까, 부인. 조르쥬와 통화할 수 있을까요?”

성까지 말할 수는 없었다. 발음이 틀릴까봐서.

“누구신데요?”

“올라프 질더입니다.”

묘한 침묵.

“잠시만 기다리세요.”

여자의 발자국 소리가 멀어져갔다. 목소리로 판단하건대 여자는 나이가 대략 예순쯤 되었을 것 같았다. 다른 발자국 소리가 가까워졌다. 몇 초 동안 심장이 멈출 것 같은 공포가 나를 사로잡았다.

“당신이 올라프 질더일 리가 없소.” 어떤 노인이 단조로운 목소리로 이렇게 말했다.

“전 올라프 질더입니다.” 내가 덤덤하게 대답했다.

“올라프 질더는 죽었소.”

하마터면 ‘그걸 어떻게 알았어요?’ 하고 물어볼 뻔했

다. 하지만 나는 겁도 없이 똑같은 대답을 되풀이했다.

"전 올라프 질더입니다."

침묵.

"당신이 누군지 알 것 같군. 이것 보시오, 선생. 조심하시오. 아주 조심하란 말이오. 누구라도 그렇게 쉽게 올라프 질더가 될 수는 없소."

그의 목소리에는 빈정거리는 투가 넘쳐흘렀다. 전화가 끊어졌다. 다시 전화를 걸어보고 싶은 충동이 치밀어올랐다. 무슨 일에든 내가 처음으로 보이는 반응이 어째서 늘 요 모양 요 꼴인지, 난 도무지 알 수가 없다.

'조심하시오. 아주 조심하란 말이오.' 빈정거리던 그 말은 틀림없는 협박이었다. 당장 도망치는 게 신상에 이로울 것 같았다. 조르쥬 슈네브는 분명 전화번호 탐지기를 장착해 놓았을 것이고 내가 어디에서 전화를 거는지 파악했을 것이다. 올라프가 비밀 전화번호를 사용했다면 또 몰라도. 가능성 있는 일이었다. 하지만 전화번호를 알아내든 못 알아내든 간에, 슈네브는 오래지 않아 나를 찾아낼 것임에 틀림없었다. 그다지 영리하지 않아도 내가 어디에 있는지쯤은 쉽게 알 수 있으리라.

오후 세시 삼십분. 옷을 재빨리 갈아입고 재규어가 있

는 곳까지 뛰어가 외국으로 달아나도 내 앞을 가로막을 것은 아무것도 없었다. 스웨덴 국적의 신분증도 수중에 있으니 유럽의 아무데나 가서 살면 그만이었다. 스웨덴에 가는 것도 나쁘지 않을 것 같았다. 조르쥬 슈네브, 이건 아무래도 스웨덴 이름 같지 않았다. 거기에 가면 아무 문제없이 평화롭게 살 수 있을 것이다. 새로운 인생이 시작되는 거다.

하지만 나는 자리에서 꼼짝도 하지 않았다. 이 말도 안 되는 무기력증은 뭘까? 저택을 떠날 생각을 하니, 몸이 천근만근이었다. 살짝 열어놓은 방문을 비집고 비스킷이 들어왔다. 녀석은 몸집만 보아서는 상상도 못할 민첩성을 발휘하며 책상 위로 뛰어올랐다. 그리고 전화번호부를 깔고 누워 뭉개기 시작했다. 금방 일어날 것 같지는 않았다.

동물들은 우리 사람들에게 모종의 메시지를 전달한다. 비스킷의 메시지는 금방 이해할 수 있는 것이었다. 여기에 계속 머물러 있으면, 어떻게 되는지 알려줄까? 피둥피둥한 고양이가 되고 마는 거야. 그 정도면 미래가 밝은 것 아닌가. 이 저택에 머무르며 감수할 위험이 살찐 고양이가 되는 것뿐이라면, 남아 있어 보고 싶었다. 그러나 조르쥬 슈네브나 그의 조직원에 의해 살해될 위험을 무시할 수 없었다.

나는 지그리드를 떠나고 싶지 않았다. 그 때문에 발길
이 떨어지지 않았다. 그녀에게 함께 가자고 설득해 보면
어떨까? 진실을 털어놓아야 하겠지. 하지만 조르쥬도 알
고 있는 올라프의 사망 소식을 그녀가 모르고 있다는 것
이 가능한 건가?

나는 졸고 있는 비스킷의 배가 녀석이 숨을 쉬는 리듬
에 따라 부풀어 올랐다가 꺼지는 것을 바라보며 생각에
잠겼다. 내 집에 와서 죽은 남자의 이름이 정말로 올라프
질더일까? 신분증에 붙어 있던 사진으로 보아서는 맞는
것 같았다. 하지만 그 누구라도 비슷해 보일 수 있는 일이
다. 그 사진을 보면서 특별한 의심이 들지는 않았지만 경
찰이나 첩보원이나 세관원이 아닌 이상, 아무도 그런 점
을 염두에 두지 않는다.

나는 내 집 거실에 두고 온 시체가 틀림없는 올라프 질
더라는 가설을 선택하기로 했다. 그렇다면, 조르쥬 슈네
브는 올라프가 죽었다는 사실을 어떻게 알았을까? 올라
프가 내 집에서 슈네브에게 전화를 했고 영감은 내 전화
번호를 알아내 그 번호를 근거로 주소와 이름을 찾아냈던
것이다. 슈네브의 수하들이 자물쇠를 따거나 문을 부수고

내 집에 쳐들어와 시체를 찾아내는 상상을 해 보았다. 혹시 내가 올라프를 죽였다고 믿는 것일까?

그럴 리가. 올라프의 몸에는 폭행의 흔적이 없다. 하지만 독살했다고 믿을 수도 있는 일이다. 부검을 하지 않는한, 서른아홉 살 먹은 남자가 모르는 사람의 집에 와서 이유 없이 죽는 돌연사보다는 독살이 더 신빙성 있다. 내게는 죄가 없다고, 나는 무죄라고 소리라도 지르고 싶은 심정이었다.

그러나 일이 그렇게 돌아갔다면, 조르쥬가 지그리드에게 남편의 죽음을 알리지 않은 이유는? 이 점에 대해서는다른 설명이 필요할 것 같았다.

나는 음모론에 기초한 완전히 새로운 시나리오를 생각해보기로 했다. 올라프로 추측되는 인물이 죽기 전날, 이젠 누구네인지도 생각나지 않는 누군가의 집에 초대받아가서 만났던 남자는 조르쥬 슈네브의 하수인인 거다. 그자의 목적은 다음날, 이미 계획된 질더의 사망 이후 내가취할 행동에 영향을 주겠다는 것. 조직에서는 질더를 처치하기로 결정하고, 다음날 아침 아홉시쯤 약효가 나타날수 있도록 천천히 작용하는 독극물을 썼다. 그리고 올라프에게 어떤 임무를 맡겨 내 집에 들어가도록 만든 다음,

슈네브에게 전화를 하라고 했다. 올라프가 쓰러질 상황을 타진해보고, 내가 도망칠 것도 예상했겠지. 경찰이 시체를 발견한다면 나는 완벽한 용의자가 되는 것이다. 이로써 그들의 조직은 살해혐의를 깨끗이 벗게 되는 것이다.

그런데 왜 하필 나였나? 내가 올라프와 나이며 키며 머리색이 같기 때문이리라. 게다가 올라프와 신분을 바꿔치기 할 만큼 머리가 적당히 비정상인—게다가 충분히 실패한 인생을 살고 있는—인물이라는 이유도 크게 작용했겠지. 누가 나를 추천한 걸까? 이웃들, 동료들, 저녁식사에 나를 불러주었던 그 친구, 생각해보면 그럴 만한 사람은 널리고 깔렸다. 올라프는 왜 슈네브에게 전화를 해야 했을까? 자기가 틀림없이 내 집에 들어왔다는 사실을 알리기 위해서?

나는 고개를 세차게 흔들었다. 사람이 미쳐가는 게 바로 이런 거로구나 싶었다. 나의 뇌에서는 새로운 가설들이 끊이지 않고 숏구쳐 나왔다. 내 집에서 죽은 남자는 먼저 죽은 올라프 질더의 신원을 훔친 거다. 그리고 나는 신원을 훔친 자의 신원을 또 훔쳤으니 사기꾼 중에서도 곱빼기인 셈이다. 그래, 그건 그렇다 치고, 자기가 과부가 된 것을 모르는 지그리드는? 이건 또 다른 문제다. 음, 터무니없는 동음이의어의 장난일 수도 있다. 스웨덴에서 올라프 질더라는 이름은 프랑스의 뒤퐁(Dupond)과 뒤퐁(Dupont) 같은 이름인 것이다. 그러니까 어떤 오해가 있었다. 아니면 웬 교활한 작자가 철자가 다른 두 개의 이름을 이용한 것일지도, 어쩌면 돈 때문에 그런 일을 꾸몄는지도 모른다. 내 집에 와서 죽은 남자가 그 교활한 작자일까? 아니면 그놈에게 당한 쪽일까? 지그리드의 죽은 남편은 누구일까? 아아, 아니다. 그것도 아니다. 그 자는 내 집에 와서 죽은 척 연극을 한 거다. 녀석은 강도다. 사건이 있기 전날 밤에 만난 속물은 내가 도망을 치도록 바람을 잡은 거다. 친구가 마음 놓고 아무도 없는 집을 털 수 있게 하기 위해. 그런데, 하필 나 같은 빈털터리를 고른 이유는 뭘까? 웃기는 일이다. 이건 그냥 시작도 끝도 없는 우연의 연속일 뿐이다. 조르쥬 슈네브는 전화로 별다른 이야기를 하지 않았다. 시시하지만 그는 죽은 올라프 질더를 아는 사람에 지나지 않는 거다. 슈네브 말이, 나는 올라프 질더가 될 수 없다고 했다. 그냥 그렇게 말했을 뿐이다. 그 말을 협박으로 들었으니, 내 편집증은 증세 중에서도 중증이다. 이럴 때 어떻게 하는 것이 좋은지, 비스킷 녀석이 알려주었다. 누워 잠이나 자라.

녀석의 충고를 따랐다. 나는 어제 낮잠을 너무나 맛있게 잤던 소파를 다시 차지하고 길게 누웠다. 그리고 생각해보았다. 만일 내가 이런 생활을 계속한다면 곧 비스킷을 본받아 비대한 고양이가 되고 말리라. 이런 저런 생각을 하다 보니 스르르 잠이 몰려왔다.

잠을 깨고 보니 지그리드가 소파 옆 바닥에 앉아 측은한 눈길로 나를 지켜보고 있었다. 나는 기지개를 켜고 머릿속에 처음으로 떠오른 말을 내뱉었다.

"배고파요."

그녀가 웃음을 터뜨렸다.

"자고 먹고. 당신을 '비스킷 투' 라고 불러야겠어요."

"그렇게 말하다니 재미있군요. 잠이 들면서 한 생각이 바로 그건데."

"배고프신 건 알겠는데, 하던 대로 샴페인을 마시면 안 될까요? 샴페인을 마셔도 배가 부르거든요."

"좋아요. 대신 샴페인 후에 바로 저녁을 먹는 겁니다."

"연도가 좋은 걸로 뢰더러 어떠세요?"

"좋고말고요."

그녀가 지하 창고에 내려간 사이, 자문해보았다. 꿈속

에서나 만날 것 같은 미인과 고급 샴페인을 마시게 되었
는데, 그걸 당연히 여기다니, 어떻게 이렇게 무감각할 수
가 있지? 벌써 향락에 감각이 무뎌진 건가. 사실, 지금 나
는 조르쥬 슈네브를 피해 재규어를 몰고 달아나고 있어야
하는데. 지금 상황을 이해하는 건 포기하기로 했다. 나는
될 대로 되라라는 분야만큼은—특히나 그 될대로가 되더
러 샴페인과 젊고 아름다운 여인에 관련된 경우—자신이
있었다. 나의 삶은 편집증과 감미로운 무기력 상태의 반
복이었다.

　향락의 시간이 시작되었다. 지그리드가 쟁반을 들고 돌
아온 것이다. 그녀는 1991년산 뢰더러 병을 따고 성에가
한 겹 덮인 목이 긴 잔에 샴페인을 따라 내게 건네주었다.
샴페인 따르는 소리가 행복을 예고했다. 여름날의 훈훈한
저녁, 저택의 여주인은 북구 출신이라고 해도 믿을 만한
미끈한 다리가 훤히 드러나는 짧은 원피스 차림을 하고
있었다. 스톡홀름 증후군(인질이 인질범들에게 동화되어 그들
에게 동조하는 비이성적인 현상을 일컫는 심리학 용어 : 옮긴이)도
이보다는 덜 강력할 것 같았다. 나는 비스킷을 위해 건배
를 했다. "우리에게 본보기를 보여주는 비스킷을 위해"
그리고 미세한 황금방울들을 마셨다.

"마음에 드세요?" 지그리드가 물었다.

"만족해보기로 하죠."

그녀가 웃었다.

"기분이 굉장히 좋아 보이시는데요." 내가 말했다.

"팔레 드 도쿄에서 본 전시회가 감동적이었거든요."

'제발 박물관 이야기만은 꺼내지 말아 주기를.' 소리 없는 나의 외침을 듣지 못한 그녀의 말이 계속되었다.

"전시회 제목은 '10억 년, 그리고 일 초' 였어요. 관람객들이 시간을 느끼도록 한다는 것이 콘셉트였죠."

"제목을 듣고 그런 게 아닌 줄 알았잖아요." 내가 농담조로 말했다.

내 농담을 간파하지 못했는지, 지그리드는 하던 이야기를 계속했다.

"전시된 것들 중에 충격적인 것이 있었어요. 그 전시에 전시실 하나를 다 할애했더라고요. 1897년에 열기구 탐험대가 북극으로 떠났대요. 남자 둘, 여자 하나로 구성된 탐험대였는데 과학 연구 자료로 쓸 요량으로 사진들이랑 영상물을 찍어야 했다더군요. 그런데 사흘째 되던 날, 탐험대와의 교신이 끊겨서는 위치 파악도 안 되고 어느 쪽으로 갔는지 알아낼 수도 없었다는군요. 그 후로 삼십 년의 세월이 흘렀어요. 사람들이 열기구가 추락한 지점을 우연히 찾아냈고 그 안에서 시체들이 발견되었어요. 그때까지도 여자대원은 카메라를 들고 있었대요. 죽는 순간까지 촬영을 한 거죠."

'카메라를 든 채로 몸이 얼어붙은 거라고요, 그렇지 않았다면 카메라를 놓아버렸겠죠.' 속으로 이런 생각을 하면서 왜 나는 그런 사소한 것들에 집착하는 걸까라는 의문을 가졌다.

"그 전시실에는 죽어가는 여자가 찍은 사진들이 상영되고 있었어요. 스크린에는, 그야말로 무(無)가 비추어지고 있었어요. 끝없는 백색의 이미지와 그 위에 점점이 흩어진 검은 얼룩들. 팸플릿을 봤더니 그 얼룩들은 필름이 추위에 노출되면서, 또 시간이 많이 흐르면서 파손되었음을 증명하는 시각적 소음이라고 되어 있었어요. 그게 다였죠. 그런데 뭔가 느낌이 와서, 저는 두 시간 동안이나 그 전시실을 떠나지 못하고 영상을 보고 또 보았어요. 검은 파편들이 필름 부식이라는 건 인정할 수 있었지만 테두리가 없는 백색의 이미지들은 그 여자가 촬영한 것이 확실하다는 느낌이 들었어요. 그렇게까지 제 마음을 뒤흔들어놓은 영상이 이제까지는 없었거든요. 한 인간이 자기

목숨을 구하려고 애쓰기보다 마지막 순간을 남기고 싶어
했다니."

"그게 좋다고 생각하는 거예요?" 그런 몸짓은 지금 나
의 태도와 같지 않은가. 영상을 찍었다는 것만 빼고서 말
이다.

"잘 모르겠어요. 하지만 그 여자를 이해할 수는 있어
요. 주위를 둘러보고는 목숨을 구하려고 발버둥을 쳐 보
았자 아무 소용도 없을 거라고 생각했겠죠. 하지만 촬영
을 했다는 사실은 정말 굉장하지 않나요? 여자는 백색의
세상을 보고 가슴이 벅차 그것을 불멸의 것으로 만들고
싶었을 거예요. 자기가 시체로 발견되고 나서라도 사람들
이 그 영상을 보았으면 하고 바랐을 거라고요. 죽어가는
여자의 마지막 소원이 어떤 감정을 다른 사람과 나누는
것이었다고 생각해보세요. 저는 그 여자를 사모하게 되었
어요. 자기의 마지막 힘을 그토록 망가지기 쉬운 유작에
쏟아붓다니, 인간의 믿음이란 정말 놀랍지 않은가요! 무
엇보다 아름다운 건, 그 믿음이 소망에 그치지 않고 사람
들에게 증명되어 보였다는 거예요. 자신의 영상이 파리의
팔레 드 도쿄라는 박물관의 한 전시실에서 상영되리라는
것을 그 여잔 꿈에도 생각해보지 못했을 테니까요."

"그렇겠죠. 뭐, 상설전시는 아니지만." 나는 살짝 비꼬는 말투로 이렇게 대꾸했다.

"그 이야기 덕분에 저는 인류에 애정을 갖게 되었어요." 지그리드는 눈물이 그렁그렁한 채 이야기를 맺었다.

그녀의 감정을 이해할 수는 있었지만 나는 감동하고 싶지 않았다. 인류에 대한 그녀의 믿음을 깨버려야 할지 말아야 할지, 선택하기가 어려웠다. 성인군자 같은 당신 남편이 조직폭력배에 가담되어 있어. 그 조직이 지금 나를 살해하려 하고 있단 말이야. 당신과 나는 우리가 이해할 수 없는 사건에 연루되어 있는 졸병들에 불과해. 그런데, 당신 남편이 해 줄 수 있는 설명은 한 가지밖에 없어. 바로 자기가 죽었다는 거지.

나는 잔을 다시 채우고 그녀에게 물었다.

"만약에 오늘 밤이 당신 생애의 마지막 밤이라면, 뭘 하겠어요?"

그녀가 미소를 지었다.

"영상을 찍지는 않을 거예요. 저택 내부를 찍는 건 별로 재미가 없잖아요."

"도망을 가겠습니까?"

"도망가면 목숨을 구할 수 있나요?"

"그렇다고 한다면?"

그녀가 어깨를 으쓱했다.

"실감이 나지 않아요. 상황이 급박하게 느껴져야 상상이 될 텐데."

나는 심각한 표정을 지어보였다.

"지그리드, 내 말을 잘 들어요. 만일 오늘 밤에 도망치지 않으면, 내일 우린 죽어 있을 거예요."

그녀가 웃었다.

"아무리 실제 상황이라고 상상을 해 봐도 두려워지지가 않네요. 저 같은 사람이 죽거나 말거나, 그건 그리 중요한 문제가 아니거든요. 전 죽어도 상관없어요."

"내가 죽는 거는요?"

"당신이 뭘 하시는지 잘 아실 거라고 생각하는데요."

농담일까, 아니면 내가 한 경고의 심각성을 이해한 것일까?

"이 저택은 무기력의 저주에 걸린 것 같아요."

"바로 맞추셨어요. 제가 매일 아침부터 저녁까지 밖에 있어야 한다고 제 자신을 다그치는 이유가 뭐라고 생각하세요? 그렇게 하지 않으면 이 집의 너무나도 감미로운 무기력에 사로잡혀 버리기 때문이에요. 빠져나올 이유가 없다고 생각하게 되는 그런 무기력증 말예요."

"그런데 왜 그것에서 빠져나가려는 거예요?"

"오디세우스와 그의 부하들은 왜 로터스를 먹는 사람들의 나라에서 빠져나오고 싶었을까요?"

"바로 그거예요. 저는 항상 그걸 잘못된 것이라고 생각했었습니다. 다시 배를 타고 떠났지만, 무슨 이득이 있었냐고요! 끝까지 몽롱하게 지극한 행복감에 젖어 있는 게 훨씬 나았죠!"

"하지만 그랬다면 오디세우스는 페넬로페를 다시 만나지 못했을 거예요."

"그건 당신이 신경 쓸 문제가 아닌 것 같은데요."

"반대로 생각해보기로 해요. 제가 아침마다 나가지 않아야 할 이유가 뭐죠?"

"내 옆에 있어주기 위해서."

그녀가 웃음을 터뜨렸다.

"제가 옆에 있는 걸 못 견디실 텐데요."

"누가 바로 옆에 있어 달래요? 내 옆에 딱 붙어 있을 필요는 없어요. 내가 바라는 건 당신의 존재를 느끼는 거예요. 저택 안에 당신이 있다는 걸 느끼는 것, 당신이 살아 움직이는 걸 듣는 것."

'그러면 안심이 될 테니까요.' 차마 이 말을 입 밖에 내지는 못했다.

"어쨌든 백 년 동안 여기에 계시지는 않을 거잖아요."

"그렇게 한다면 싫겠어요?"

"아뇨. 하지만 그럴 수 없다는 걸 알아요."

"만약에 내가 여기 눌러앉겠다고 결심한다면, 그럼 어떻게 될까요?"

그녀가 당황한 눈길로 나를 쳐다보았다.

"동료들이 당신을 찾으러 오지 않겠어요?"

"그럴 것 같아요?"

"제가 보기에는 그럴 것 같은데요. 아무튼 당신이 하고 싶지 않은 일을 하고 있다는 건 알 것 같아요."

"내가 여기에 몸을 숨긴다면?"

잠시 아무 말이 없던 그녀가 엄숙하게 말했다.

"만일 당신이 여기에 숨는다면, 난 아무에게도 그 사실을 알리지 않겠어요."

그녀는 하나의 협약을 한 셈이었다.

"어떻게 하는 게 더 낫겠어요? 내일 나와 함께 멀리 떠날래요, 아님 저택에 숨을래요?"

"어디로 떠나는데요?"

"덴마크까지 차를 몰고 가서, 섬들을 지나 스웨덴으로 가는 거죠."

마음이 움직이는 것 같아 보였다. 나는 몸을 약간 떨었다. 잠시 생각을 하던 그녀가 말했다.

"여기 남아서 숨는 게 더 낫겠어요."

'용감하군.'

"당신을 실망시키고 싶지 않지만, 올라프가 돌아올 때 제가 집에 있었으면 해서요."

아, 올라프. 그 문제가 있었지.

"걱정하지 마세요. 남편이 돌아와도 당신 애기는 하지 않을 테니까요."

걱정은 뭔 걱정.

"왜 나를 위해 그런 일을 하려는 거죠?" 내가 물었다.

"제게 관심을 가져준 사람은 당신이 처음이었어요. 남편도 그렇게까지 제게 관심을 보여주지는 않았거든요."

"그럼 내일 아침엔 나가지 않을 거죠? 날 돌봐줄 거죠?"

"정말 그러길 원하시는 거예요?"

"네." 엄마에게 곁에 있어달라고 조르는 아이가 된 것 같아 부끄러웠다.

"그렇게 할게요."

헤벌쭉 웃음이 나왔다. 갑자기 그녀가 걱정스러운 얼굴을 했다.

"그런데 하루 종일 뭘 하죠?"

"우리가 하던 일을 하면 되죠."

"우린 아무 일도 하지 않았는걸요."

"아무것도 안 하긴요. 술을 마셨잖습니까."

그녀가 고개를 설레설레 흔들며 술잔을 채웠다.

"술을 마시면서 시간을 보내자는 말씀이세요?"

"훌륭한 샴페인을 마시는 것. 그보다 더 좋은 직업이 어디 있겠어요?"

"몇 주나 그렇게 지낼 예정이세요?"

"영원히."

"우린 어떻게 될까요?"

"두고 보면 알겠죠."

다음날부터 새로운 생활이 시작되었다.

나는 파렴치할 정도로 실컷 자고 늦게야 일어났다. 그리고 불안이 주는 쾌감을 맛보기 위해 침대에서 뭉그적거리며 지그리드가 약속을 지켰을지 자문해보았다. 일어나 샤워를 하고 가운을 입은 다음 아래층으로 내려갔다. 부엌에 들어가니 지그리드가 커피 한 잔을 건넸다.

"계셨군요." 나는 너무나 노골적으로 좋아하며 말했다. 그녀도 그게 좋았나 보다.

"거실에 샴페인을 준비해두었어요. 얼음을 채운 통 안에 넣어서요."

"나만 늘어지게 잔 거예요?"

"아뇨. 이 집에 깃든 저주의 일종인걸요. 전 매일 아침

자명종 소리를 듣고 깨요. 그렇지 않으면 비스킷처럼 말도 안 되는 시간에 일어나게 되거든요."

"나는 비스킷을 스승으로 모시기로 했어요."

"원하시면 고양이 밥그릇에 샴페인을 부어줄게요."

거실이 길에서 훤히 들여다보인다는 사실이 생각났다. 지그리드가 얼음통을 부엌으로 가져왔다.

"몇 시에 시작할까요?" 그녀가 물었다.

"오전 열한시에 시작하죠. 샴페인의 단점이랄까, 자리에서 일어나자마자 마시면 별로거든요."

"벌써 해 보셨어요?"

"그럼요. 포도주, 위스키, 보드카, 맥주, 다 마셔봤죠. 샴페인은 잘 안 넘어가던데요."

"아침에 맥주를요? 왜 그런 끔찍한 일을 해 보신 거예요?"

"맞아요. 맥주가 제일 끔찍하더라고요. 사실은 부코우스키(1920~1994, 미국 현대문학에서 가장 독창적인 작가. 알코올과 섹스에 집착하며 주류에 대한 철저한 조롱과 냉소로 '빈민굴 계관시인'이라 불린다 : 옮긴이)가 너무 존경스러워서 따라 해 본 거예요. 술에 절어서 잠이 깨고도 곧장 맥주를 마셨다잖아요. 난 단박에 그 흉내를 그만두었어요. 부코우스키는 영웅입니다.”

“알코올 중독자라고 해야 하는 것 아닌가요?”

“알코올 중독의 영웅이라고 해 두죠. 그 양반은 뭐랄까, 일종의 용기를 보여주었어요. 지독한 싸구려 술을 뱃속에 어마어마하게 부어넣고 나서 멋진 문장들을 써냈죠.”

“당신도 글을 쓰고 싶으세요?”

“아뇨. 당신과 함께 있고 싶습니다.”

“알코올 중독이 되면 어떨지 알고 싶으신 거예요?”

“샴페인만 마셔가지고는 알코올 중독이 될 수 없는데요, 뭐.”

그녀는 못 믿겠다는 표정으로 나를 쳐다보았다.

열한시가 되자 그녀는 뵈브 클리코의 병마개를 땄다. 첫 모금을 마시자 환희에 겨워 온몸의 힘이 쭉 빠졌다. 아무 말 말고 눈을 감아야 했다. 나의 존재 전체가 이 쾌락을 둥둥 울리는 공명상자가 되도록.

“지그리드, 당신은 정말 굉장한 능력을 가지고 있어요. 술을 마실 줄 알잖아요. 여자들에게서는 흔히 볼 수 없는 능력인데.”

“그런 말씀을 하시는 걸 보니 여자를 잘 모르시는 것 같군요. 결혼하셨어요, 올라프?”

"아뇨. 당신이 그런 무례한 질문을 하는 건 이번이 처음이네요."

그녀는 실수를 깨달았다는 듯이 입을 다물었다.

나는 거북한 분위기를 깨뜨리기 위해 샴페인 잔을 다시 채웠다.

샴페인을 마시다 보면 그런 순간이 있다. 열다섯 번째 모금과 열여섯 번째 모금 사이, 모든 인간이 귀족이 되는 순간 말이다. 아주 사소한 이유로 인해 인간은 이 순간을 포착하지 못하고 지나간다. 뭐가 그리 급한지, 취기의 절정에 도달하려고 마시고 또 마시다가 고결하기 그지없는 이 순간을 그만 술에 빠뜨려버리고 마는 것이다.

세 시간 후, 지그리드가 세 번째 병을 열었다. 살짝 어색하던 분위기도 어느새 풀려 있었다.

"한 시간에 한 병, 적정속도로군요."

"취하지 않으셨네요. 하기야 직업상 늘 술을 드실 테니까."

"그래요. 술을 못 마시면 이 일을 할 수 없죠."

"저도 안 취했어요. 그냥 알싸하게 취기가 돌 뿐이에요. 한 모금 한 모금이 얼마나 맛깔스러운지, 맛을 아시겠어요?"

"그럼요. 보통은 샴페인을 마시다가 어떤 단계가 되면 적포도주나 위스키나 다른 술로 넘어가잖아요. 그러니까 우리는 샴페인의 장점만 알지 단점은 모르는 거예요. 그런데 우린 둘 다 자수정의 영향을 받고 있는 것 같네요."

"자수정이 술과 무슨 관계가 있나요?"

"자수정은 '취기를 물리치다' 라는 어원을 가지고 있거든요. 사람들이 문제의 보석에 그런 특징이 있다고 믿었어요. 고대의 술고래들은 늘 자수정을 몸에 지니고 다녔지요."

"그게 효과가 있었대요?"

"그런 것 같지는 않더군요. 요즘에도 저마다 역겨운 비법들을 쓰잖아요. 술자리에 가기 전에 정어리 통조림 국물을 마신다거나, 물이나 올리브기름에 아스피린을 두 알녹여 먹어서 위장 벽을 코팅한다든가."

"끔찍해라!"

"우리는 둘이 함께 있는 것만으로도 충분합니다. 마치우리가 샴페인을 마시는 순간, 샴페인이 어떤 강렬한 것으로 바뀌는 것 같다고요."

"그렇게 이상한 현상을 어떻게 설명할 수 있을까요?"

"모르겠어요. 이 잔을 비웁시다. 그럼 더 명확하게 알수 있을 겁니다."

그렇게 시간이 흘러갔다. 샴페인의 효과들을 관찰하느

라 너무나 몰두했던 나머지 몇 병을 마셨는지는 세지 못
했다.

　육지에는 분수계(分水界)라는 신비한 지점이 있다. 한 근
원의 물이 동쪽으로 흘러갈 것인가, 서쪽으로 흘러갈 것
인가, 북쪽으로 갈 것인가 아니면 남쪽으로 갈 것인가를
결정하는 경계선이다. 사람의 몸에는 분샴페인계라는 좀
더 신비로운 지점이 있다. 그 지점을 경계로 지성 쪽으로
흐르던 황금빛 샴페인은 방향을 바꾸어 아무 데로나 흘러
간다.

　우리는 신비의 단계에 접어들었다. 성경에 이런 말이
있다. 〈결국 마음에 가득 찬 것이 입으로 나오는 법이다.〉
어느새 우리는 성경을 화제에 올리고 있었다.

　“아빌라의 테레즈 성녀가 맞는 말을 했어요. ‘일어나는
모든 일들은 사랑스럽다.’ 예를 들면, 이 한여름 더위 말
입니다. 난 왜 사람들이 덥다고 난리들인지 모르겠어요.
찜통더위가 얼마나 사랑스러운데.”

　“아무런 일도 하지 않고 차가운 샴페인을 마시고 있으
니까 좋죠.”

　“내가 일을 안 한다고 누가 그럽니까? 사실 난 드디어
인류의 커다란 문제를 해결한 거라고요. 시간에 얽매이지

않기. 게다가 위선적인 문제로부터 당신을 꺼내 주었잖아
요. 지그리드, 당신은 바빠지기 위해 아무 일이나 닥치는
대로 했어요. 쇼핑하기, 박물관 가기. 사실 시간은 얽매이
라고 있는 게 아닙니다. 바빠져서는 안 돼요. 그냥 흘러가
는 대로 자유롭게 있어야 해요."

"돈이 있다는 조건하에서."

"올라프의 현금 카드를 쓰는 거 아니었습니까?"

"맞아요. 남편 계좌에 얼마가 있는지는 저도 몰라요.
언젠가 물어봤더니 '많아' 라고만 대답하더군요. 제가 돈
을 인출해도 현금지급기에 잔액이 표시되지 않아요."

"올라프의 현금카드는 화수분이로군요. 성경에도 비슷
한 게 나오죠. 엘리야 선지자를 대접하고 은총을 입은 가
난한 과부의 마르지 않는 기름단지."

"과부 얘기가 나왔으니까 말인데요, 지하실에 가서 뵈
브 클리코를 한 병 가져올게요."

지그리드는 아찔한 구두 굽과 상당한 양의 알코올에도
불구하고 한 치의 흔들림 없이 똑바로 걸어 지하실로 내
려갔다가 비틀거리지도 않고 다시 올라와 안정된 자세로
병마개를 땄다.

"지그리드, 취하지 않았어요?"

"취했어요. 그런 기색이 전혀 없다는 거, 저도 알아요."

"당신이 취했다는 걸 어떻게 알 수 있죠?"

"저는요, 취하면 두려움이 없어져요."

"무엇에 대한 두려움이요?"

"모르겠어요. 전 늘 두려워요. 그게 제 인생의 일부인 것 같아요."

"그 두려움을 없앨 수 있는 게 샴페인뿐이라는 말이군요. 하기야 샴페인에는 얼룩 빼는데 최고인 에탄올이 들어 있죠. 그러니까 두려움은 얼룩이라는 결론이 나오네요. 자, 마시자고요, 지그리드. 얼룩을 빼기 위하여."

나는 잔을 비웠다. 얼음 알갱이 같은 샴페인 한 모금에 머릿속이 부풀어 올랐다.

"그런데, 그 두려움이 원죄(原罪)라면요, 지그리드? 그리고 술에 취하는 게 전락(轉落) 이전의 세계를 되찾는 방법이라면?"

"올라프, 좀 걸어보실래요?"

나는 자리에서 일어나 한 다리를 뻗다가 그 자리에 고꾸라지고 말았다.

"아시겠어요? 그게 전락(轉落) 이후의 세계예요."

"그런데 지그리드, 당신은 멀쩡하게 걷고 있잖아요!"

“일어나시게 도와드릴까요?”

“아뇨. 여기 이대로 있는 게 좋아요.”

차가운 부엌 바닥이 상쾌했다. 나는 감미로운 코마 상태로 서서히 빠져들었다. 마지막으로 감지한 것은 지구가 돌고 있다는 느낌이었다.

지그리드의 발자국 소리가 내 잠 속으로 파고들어왔다. 그녀의 발목을 볼 수 있다는 생각에 혹해 눈을 떴는데 역겹다는 표정으로 나를 관찰하던 비스킷 녀석의 얼굴과 딱 마주쳤다.

"고양이 밥을 주고 저녁을 준비하는 중이에요. 괜찮으세요?"

"이렇게 좋았던 적이 없는걸요."

나는 별 문제 없이 몸을 일으켜 창가로 가서는 바깥을 살폈다. 7월 말 초저녁, 주위는 대낮같이 훤했다. 찌는 듯한 더위에 사람들은 땀을 뻘뻘 흘리며 힘들어하는데 나는 시원한 저택 안에서 차디찬 샴페인을 마시며 단 한 순간도 더위에 시달리지 않았다.

길가에 서서 나를 쳐다보는 저 남자는 나를 부러워하고 있는 것이 틀림없었다. 내가 저 입장이어도 그럴 것 같았다. 게다가 내가 얼마나 아름다운 여인과 하루를 보냈는지 저자는 모르고 있었다. 변태 같은 작자의 부러움을 받는다고 생각하니 쾌감이 절정에 달했다. 가만히 생각해보면 인간의 그런 특징—질투의 대상이 되면 쾌감을 느끼는—하나만 봐도 인간이라는 종이 얼마나 저질인지 알 수가 있다.

나는 그 작자를 경멸하는 눈초리로 훑어보기 시작했다. 남을 훔쳐보다니, 부끄러운 줄 알라는 비난의 의미를 담아. 물 뿌리는 사람이 물벼락 맞는 걸 싫어하는 것처럼 분명 훔쳐보는 자들은 누군가가 자기를 훔쳐보는 걸 못견뎌 할 거다. 그런데 이상하게도 남자는 아무렇지도 않게 그냥 그 자리에 버티고 서 있었다. 그런데 잠시 후에 남자 한 명이 더 나타나더니 먼저 와 있던 남자에게 샌드위치를 건네주는 것이 아닌가. 이제 두 남자가 샌드위치를 먹으며 나를 지켜보고 있었다.

'내가 동물원 원숭이인 줄 아나 보네.' 이런 생각을 하다가 뒤늦게 머릿속의 경보장치가 가동하기 시작했다. 맙소사, 저자들은 날 감시하는 조르쥬 슈네브의 끄나풀이다! 대체 언제부터 저러고 있는 거지?

나는 바깥쪽에서 들여다보이지 않는 부엌으로 몸을 피했다.

"바질을 뿌린 딸기 모차렐라 샐러드를 만들었어요. 토마토로 만드는 흔한 샐러드보다 이게 더 맛있거든요."

"완벽해요."

지그리드는 내 목소리에 섞인 가식을 눈치채지 못했다. 차라리 다행이었다. 우리가 감시당하고 있다는 사실을 알려서는 안 되었다. 그 사실을 털어놓았다가는 이런 저런 말끝에 결국 올라프가 죽었다는 고백을 하지 않을 수 없을 것이다.

"부엌에서 저녁을 먹으면 어떨까요?" 나는 심각할 정도로 어색하게 이렇게 말했다.

"어제도 그렇고, 계속 부엌에서 먹었잖아요." 그녀가 흠칫 놀라며 대답했다.

한시바삐 내 태도를 바꾸어야만 했다. 계속 이런 식으로 행동했다가는 무슨 문제가 있다는 의심을 받게 될 테니까. 나는 도망치기엔 이미 너무 늦었다는 생각을 하며 자리에 앉았다. 우리에겐 더 이상 선택의 여지가 없었다. 이런 생각을 하니 마음이 안정되었다. 구원의 가능성이

있다고 믿는 한, 신경이 곤두서고 불안하다. 출구가 없다
는 걸 이해하면 오히려 마음이 차분해지고 기분도 유쾌해
진다. 파국이 머지않았으니 삶을 즐겨야 한다.

지그리드가 테이블 위에 접시와 빵 바구니를 가져다 놓
았다.

"크루그를 한 병 가져다 놨어요." 얼음통을 들어 보이
며 그녀가 말했다. "올리브기름이랑 바질로 맛을 낸 음식
에 적포도주는 어울리지 않는 것 같아서요. 그리고 전 백
포도주가 싫거든요."

"맞아요. 샴페인 말고 다른 걸 마실 이유가 어디 있겠습
니까?"

"오늘 하루 종일 샴페인을 마셨는데, 질릴 것 같진 않으
세요?"

"마시고 싶으니까 마시겠다는 거예요."

"그래요. 자기가 하고 싶은 게 뭔지 잘 아는 게 중요하
지요."

그녀의 그 말이 나를 먼 곳으로 이끌어 가리라는 생각
을 하며 병마개를 땄다. 그리고 경건하게 한 모금을 마셨
다. 어쨌거나 1976년산 크루그가 아닌가.

지그리드는 내 맞은편에 앉아 샐러드를 먹기 시작했다.

"딸기 때문에 소금을 치지 않았어요. 원하시면 후추를 좀 치세요."

"맛있는데요."

"그렇죠? 바질이 딸기랑 잘 어울려요."

나는 마파람에 게눈 감추듯 접시를 비웠다. 샐러드로는 허기가 달래지지 않았다.

"벌써 다 드셨어요?" 지그리드가 황홀해하며 말했다. 그녀는 느릿느릿, 절망적인 속도로 먹고 있었다.

"네. 당신은 아마 그걸로 배가 차겠죠?"

"맞아요."

"그러니까, 더 먹고 싶으면 당신이 다 먹을 때까지 기다리지 않아도 되겠죠?"

나의 무례한 언사에 그녀는 웃음을 터뜨렸다. 나는 냉장고에서 상 위에 다 올려놓을 수 없을 만큼의 식량을 꺼냈다. 그리고 햄이며 오이피클이며 대구 알이 든 핑크색 크림이며 부르고뉴 전통 특산물인 고급 치즈를 게걸스럽게 먹어치웠다. 포위당했다는 상황이 내 식욕의 걸쇠를 풀어버렸다.

지그리드는 쇼가 끝났을 때처럼 박수를 쳤다. 우린 둘 다 기분이 좋았다.

"올라프와 같이 이 저택에 있을 때, 혹시 포위당한 적이 있습니까?"

"포위요?"

"사람을 감시하고 바깥에 못 나가게 하는 불한당들한테 포위당한 적이 있냐고요."

웃음을 터뜨리는 그녀.

"아뇨. 안타깝게도."

"그럼, 우리가 포위당했다고 생각해보면 어떨까요?"

"왜요?"

"소설 속의 상황을 살아보는 거예요. 아이들처럼 말이죠. 아주 재미있을 거예요."

"팔레 드 도쿄에 그와 비슷한 설정의 작품이 있었어요."

"그것 봐요. 팔레 드 도쿄에서 본 것 같은 그런 경험을 해 보자는 거예요. 즉흥극이라고 생각하면 돼요. 길에서 우리 모습이 안 보이도록 해 보자고요."

"그럼 거실에 못 나갈 텐데."

"나가지 말자고요, 안 나가면 됩니다. 같이 당신 방으로 올라가요."

생각할 틈을 주지 않기 위해 나는 그녀의 양 손에 잔을 쥐어주었다. 그리고 나는 나대로 얼음통을 집어들고 계단을 뛰어 올라갔다. 그녀가 침실 문을 열자 나는 모종의 음모를 감춘 표정을 지으며 방 안으로 들어갔다.

"제 방에 들어오려고 수작을 꾸미신 건 아니겠죠?"

"이것 봐요, 지그리드, 만약 당신 방에 들어오고 싶었으면, 솔직히 그렇다고 말했을 거예요."

"하필 제가 길가 쪽 방을 내드렸다, 이거네요." 그녀가 눈살을 찌푸리며 말했다.

"그런가요?"

"잘 아시면서 그러시네요, 올라프. 저랑 같이 밤을 보내시려고 그런 계략을 꾸며내셨으면서."

"무슨 상상을 하는 거예요?"

"저도 알아요. 스웨덴 사람들은 우리나라 사람들보다 훨씬 더 자유로운 도덕관념을 가지고 있잖아요."

죽은 그녀의 남편이 호주머니에 가지고 있던 콘돔이 생각났다. 무슨 말을 해야 할지 몰라서, 나는 샴페인을 다시 따라 그녀에게 잔을 내밀었다.

"무엇을 위해 건배할까요?" 그녀가 야유 섞인 어조로 말했다.

"나를 이곳에 받아들여준 훌륭한 분을 존중하는 의미

에서.”

“저를 어떻게 존중하실 건데요?”

“당신이 원하지 않는 것은 절대로 하지 않을 겁니다.”

“그런 교섭조건은 저도 익히 알고 있어요.”

오늘 밤은 절대 그녀 곁을 떠나지 말아야 했다. 우리를 포위한 자들의 의도는 알 수 없었으나 내 머릿속은 온통 지그리드를 보호해 주고 싶다는 생각뿐이었다. 하지만 우리가 위험에 처해 있다는 사실을 고백해서 그녀를 불안에 떨게 하고 싶지도 않았다. 그녀 곁을 떠나지 않기 위해서는 점잖게 행동해야 했다. 그 방법밖에는 없을 테니까.

나는 그녀의 눈을 똑바로 들여다보았다.

“지그리드, 당신과 함께 자고 싶어요. 허튼 짓은 절대 하지 않을 거라고 약속합니다.”

“제가 왜 그런 걸 허락해야 하나요?”

“왜냐하면 내가 당신에게 반했기 때문이지요. 당신이 단 5분이라도 내 곁에 없으면, 바로 옆방에라도 가면, 난 당신이 보고 싶어요. 당신 없이 어떻게 살지 막막해요, 진심입니다. 나의 이런 태도가 잘못된 거라고 생각되진 않아요. 당신이 원하지 않는데 당신을 욕보일 생각은 눈곱만치도 없습니다.”

"그런 어처구니없는 말에 뭐라고 대답을 해야 하나요?"

"두고 봐요. 다 내가 말한 대로 될 거예요. 우선 이 크루그를 비워요. 비싼 술이잖아요. 그 다음엔 오빠 동생처럼 같이 자도록 해요. 올라프가 입던 잠옷 하나만 빌려 주시면 됩니다."

나는 죽은 사람의 잠옷을 입었다. 헐렁했다. 지그리드는 자잘한 무늬가 찍힌 하늘하늘한 새틴 잠옷으로 갈아입었다.

"일종의 무한삽입(mise en abyme)이네요."

"제가 왼쪽에서 잘게요."

이불을 덮고 누운 그녀는 금세 잠이 들었다. 만약 그녀를 유혹하려는 모종의 계획이 있었어도 시도 한 번 해 보지 못했을 게 틀림없었다. 여전히 감시당하고 있는지 확인해보기 위해 나는 까치발을 하고 내 방으로 갔다. 불은 켜지 않았다. 주위가 완전히 어두워지지는 않아서 덩치 두 명이 자리를 지키고 있는 것을 볼 수 있었다.

나는 지그리드의 방으로 돌아와 침대로 들어갔다. 우리가 얼마동안이나 이런 방식을 고수할 수 있을까? '하루하루 연명해 간다' 라는 말이 실감났다.

지그리드의 새근거리는 숨소리를 들으며 나도 잠이 들

었다. 화장실에 가느라 중간에 몇 번 잠이 깼다. 침대로 돌아올 때마다 현재 상황이 황홀하게만 느껴졌다. 지그리드가 내 옆에서 천사같이 자고 있고 나는 곧 그녀 곁에 누울 수 있다. 우리가 처한 위험 때문에 걱정되기는 했지만 잠은 잘도 쏟아졌다. 하여간에 나는 다시 잠이 들었다. 누가 봤다면 내가 잠으로 된 벽을 쌓으려 하는 거라고 믿었으리라.

잠에서 깨어나니 지그리드가 없었다. 나는 혼비백산
해서 그녀를 부르며 방에서 뛰쳐나갔다.

"저 여기 있어요. 침대로 아침식사를 가져갈게요." 그
녀가 대답했다.

나는 마음을 놓고 욕실로 가서 얼음같이 찬 물을 얼굴
에 끼얹었다. 길 쪽으로 난 현관문이 열리는 소리가 들렸
다. 내 방 창문으로 달려가 보니 지그리드가 정원을 지나
우편함으로 가고 있었다. 그녀는 자기를 뚫어지게 바라보
는 두 남자의 존재를 눈치채지 못한 채 우편물을 꺼내 들
고는 집안으로 들어와 현관문을 잠갔다. 안도의 한숨이
나왔다.

나는 침대 속으로 다시 들어갔다. 지그리드가 쟁반을

가지고 왔다.

"오렌지 잼하고 토스트, 괜찮으시겠어요? 싫으시면 빵집에 가서 건포도 빵을 사 올게요."

"완벽해요."

나는 지그리드에게 커피를 따라주고 토스트를 권하며 내 몫의 토스트에 잔뜩 바른 오렌지 잼을 핥았다.

그녀는 내가 권한 토스트를 사양했다.

"분명한 건, 내가 옆에 있어도 당신은 상관없이 잘 자더라는 거예요."

"당신도 마찬가지던데요."

"우편물을 가지러 갔었죠? 이제부터 길 쪽으로는 모습을 드러내지 않기로 해요, 알겠죠? 어젯밤에 결심한 것, 잊지 말아 줘요."

어린애가 바보 같은 소리를 지껄인다는 듯, 지그리드는 눈을 들어 하늘을 바라보았다. 그녀가 우편물을 열어보는 동안 나는 파리의 내 우편함을 상상하며 빵을 먹었다. 비워주지 않아 넘쳐나고 있을까, 아니면 내가 있을 때처럼 텅텅 비어 있을까? 관찰한 바에 따르면, 우편물은 아주아주 보편적인 남 염장지르기 법칙을 철저히 따른다. 무슨 말이냐, 누군가가 날 좀 찾아주었으면 할 때에는 텅 비어 있거나 뭐가 와도 쓸데없는 것들뿐이고, 제발 날 좀 내버려 두었으면 싶을 땐 어마어마한 양이 쏟아지는 것이다.

토스트가 입 안에서 살살 녹았다. 이 집에 오기 전에는 아침을 이렇게 많이 먹지 않았다. 잠을 푹 잔 덕을 보는 것임에 틀림없었다. 몇 개째인지도 모를 토스트 위에 잼을 공들여 바르고 있는데, 지그리드가 편지 한 장을 손에 들고 공포에 질린 얼굴로 나를 쳐다보았다.

"나쁜 소식입니까?" 가식적인 목소리로 내가 물었다.

"당신, 정체가 뭐예요?"

어떻게 그 생각을 못했을까? 슈네브의 앞잡이들이 지그리드에게 편지를 보내 진실을 알린 것이다. 하지만 어떤 진실을?

"지그리드, 알다시피 우리 쪽 사람들은 비밀을 지켜야 합니다."

"올라프가 죽었어! 당신이 내 남편을 죽인 거야!"

"아니요! 당신 남편이 죽는 걸 내 눈으로 봤지만, 난 아무 상관도 없어요. 올라프는 내 집 거실에서 심장마비를 일으켰다고요."

"그랬다면, 나한테 말을 했어야죠!"

그러게 말이야. 이런 바보 같으니라고!

"지그리드, 정말입니다. 맹세해요."

"이름이 올라프라는 것도 거짓말이죠, 그렇죠?"

더 이상 물러날 데가 없었다. 깡그리 잃느냐 따느냐, 모험을 해 보는 수밖에 없었다.

"내 이름은 밥티스트 보르다브, 나이는 서른아홉이고 국적은 프랑스입니다. 난 당신 남편이 누군지, 하는 일이 뭔지 아는 바가 전혀 없어요. 토요일 아침, 왜 하필 내 집이었는지 도무지 알 수 없는 일이지만, 당신 남편이 내 집 벨을 누르고는 전화 한 통만 쓰겠다더니 통화가 연결되기도 전에 죽었습니다. 겁이 났지만 경찰을 부르지 않았어요. 난 인생이라 부를 만한 생을 살지 못하고 있었던 터라, 올라프와 신원을 바꿔치기하고 싶었어요. 올라프가 되고 싶었죠. 그리고 순수한 호기심으로 신분증에 적힌 주소를 찾아온 거예요. 그 다음 이야기는 당신이 아는 대로고요."

"아뇨. 난 아무것도 몰라요. 대체 여기서 뭘 하고 있는 거예요?"

"샴페인을 마시고, 당신을 바라보고, 먹고 자고."

"그 말을 믿으란 말예요? 올라프의 물건을 뒤진 것 같던데요."

“그래요.”

나는 열자리 숫자가 만들어낸 멜로디로 죽은 올라프의 수상쩍은 통화상대를 알아낸 이야기를 했다.

“그런데도 지금 그쪽 일을 하지 않는다고 우기고 있는 거예요?”

“당신이 그렇게 믿는다니, 기분은 좋네요.”

“만약에 내가 이 편지를 받지 않았다면 무슨 일이 일어났겠어요?”

“아무 일도 없었을 겁니다. 이상하게 들리겠지만, 당신과 여기에 있은 이후로 난 정말로 행복했어요. 그 빌어먹을 편지가 끝을 내지 않았다면 영원토록 이렇게 살고 싶었을 거라고요.”

“남편이 죽었다는 걸 끝까지 알리지 않았으리라는 말인가요?”

“내가 보기에 당신은 올라프에게 집착하고 있어요. 난 우리의 순정을 망쳐버리고 싶지 않았습니다.”

“우리의 순정이라고요!”

“그래요, 순수한 사랑. 두 존재가 서로에게 순수한 호감을 느낄 때 쓰는 말이죠.”

“헛소리 하지 말아요.”

"내가 우스워 보일 수도 있겠죠. 하지만 난 우리의 감정
이 통하는 순간들을 진짜로 경험했다고요."

"당신은 우스운 게 아니라 무례한 거예요. 난 그나마 예
의를 지키고 있는데."

"지그리드, 당신답지 않아요."

"나다운 게 뭔데요!"

"좋아요. 지금은 그런 걸로 입씨름할 때가 아닙니다.
그저께부터 비밀공작원들이 우릴 포위하고 있단 말입니
다. 어떻게 하는 게 좋겠어요?"

"그건 당신 문제죠. 내가 무슨 상관이에요?"

"그렇게 생각합니까? 그 편지, 조르쥬 슈네브가 보낸
거지요?"

"이 사람을 알아요?"

"올라프가 죽기 직전에 통화했던 사람입니다. 그자에
대해 아는 게 있어요?"

"한 번도 들어본 적이 없는 이름인데요."

"올라프의 적일 수도 있어요. 어쩐지 음모의 냄새가 납
니다. 올라프가 내 집에 와서 죽은 게 우연이라고 믿겨지
지 않거든요. 사건이 있기 전날 밤, 어떤 작자가 내게 이
상한 소리를 했어요. 경찰에 신고하지 않은 것도 그 작자

에게 들은 소리 때문이고요. 올라프와 나는 나이도 같고 키도 비슷하고 눈동자 색깔이나 머리색도 같아요. 신원을 바꿔치기할 수 있을 정도로."

"체격이 다르잖아요."

"이렇게 먹어대다간 금방 몸이 불어날 걸요." 나는 쟁반을 가리키며 말했다.

이상하게도 이 마지막 말로 내 진심이 그녀에게 전달된 것 같았다.

지그리드가 내 방으로 건너가 창밖으로 스파이들을 보고 오더니 자기는 모르는 사람들이며 위험해 보이지는 않는다고 했다.

"어떻게 알아요? 무기를 가졌을지도 모른다고요."

"우리를 죽일 이유가 없잖아요."

"우리도 모르는 사이에 당신과 내가 곤란한 사건의 증인이 되었을 수도 있습니다. 난 올라프가 죽는 걸 지켜본 유일한 사람이니까."

"당신 말대로라면 남편은 살해당한 게 아닌데요."

"시간이 가면 갈수록 올라프가 살해당했다는 생각이 듭니다. 저치들은 나를 찍어둔 거라고요. 나 말고 또 누가 신분을 바꿔치기하려고 들었겠습니까? 단 하나, 아직도

내가 궁금한 건 올라프가 이 일에 개입되어 있느냐 아니
냐는 거예요. 올라프가 동의를 했을까요, 아니면 누군가
가 뒤에서 조종을 한 걸까요?"

"남편이 죽겠다고 자처했다고요? 어떻게 그런 생각을
할 수 있죠?"

"지그리드, 미안하지만 당신도 올라프를 잘 몰라요. 그
걸 인정해야만 합니다."

"그래요. 하지만 남편이 좋은 사람이었다는 것만큼은
확신해요."

"물론 좋은 사람이었겠죠."

"그게 무슨 의미죠?"

"나도 모르겠습니다. 저자들의 눈에 띄지 않게 도망칠
수 있을까요?"

"어디로 도망가자는 거예요? 여길 떠날 수는 없어요!
내가 이 집을 얼마나 좋아하는데!"

"여기서 죽을 만큼 좋지는 않겠죠."

"저자들은 이틀 전부터 저기에 매복해 있었어요. 오늘
이라고 해서 우릴 공격할 이유가 없잖아요?"

"당신이 편지를 받았다는 사실을 알게 되었잖아요."

"저자들이 내게 편지를 보냈다는 건, 내가 자기네와 같

은 편이라고 생각한다는 증거예요. 저들이 원하는 건 당신이지, 내가 아니라고요."

"당신 남편도 저쪽 편이었어요. 올라프가 어떤 대가를 치렀는지 봤잖아요."

그녀가 한숨을 쉬었다.

"어디로 가죠?"

"올라프의 차를 여기서 좀 떨어진 곳에 주차해 두었어요. 당신이 가고 싶은 곳으로 가기로 합시다."

"갈 데가 없는걸요."

"그건 나도 마찬가지입니다. 하지만 그게 문제가 아닙니다. 어떻게 도망치죠?"

"올라프가 이런 상황을 대비해두었어요. 비밀리에 은행 지하창고로 연결되는 지하도를 파 놓았거든요."

"하필 왜 은행으로?"

"우디 알렌의 영화를 보고 그런 생각을 해냈어요. 남편은 피신을 해야 할 상황이 닥치면 제일 필요한 게 돈이 될 거랬어요."

"당신이 왜 남편을 사랑하는지, 그 이유를 알겠군요."

지그리드는 여전히 망설이고 있었다. 그녀가 가장 미련을 두는 것은 샴페인 저장실이었다. 전적으로 공감해 마지않을 일이었지만, 나는 포기하지 않고 그녀를 설득했다. 은행에서 퍼담을 돈이면 전세계의 레스토랑이 우리의 샴페인 저장고가 되어 줄 거라고.

나는 내 마음에 드는 옷들을 골라 주며 그녀가 짐 싸는 것을 도왔다. 아무렇지도 않게 자기의 나머지 인생을 포기하는 그녀가 존경스럽기까지 했다.

목욕가운 차림으로 나서려는데 그녀가 제발 옷을 갈아입어달라고 애원을 했다. 나는 피부처럼 느껴지는 그 옷을 마지못해 포기해야 했다.

지하실로 내려가기 직전에 나는 그녀에게 비스킷을 데려갈 거냐고 물었다.

"아뇨. 그 아이는 여길 떠나면 불행해질 거예요."

나 역시 동감이었다. 비스킷은 자기의 영역을 떠나서는 살 수 없는 녀석이었다. 녀석을 데리고 간다는 것은 베스타 신전에서 불을 지키는 신녀를 데리고 나오는 것만큼이나 가당치 않은 일이었다.

포도주 저장실에 이르자 지그리드는 바닥에 장치된 덮개를 들어올렸다. 그런 것이 있을 줄이야. 밑으로 내려가 문을 닫은 지그리드가 회중전등을 켰다. 눈앞에 길게 뻗은 지하통로가 나타났다.

"이런 통로를 파다니 올라프는 힘이 장사로군요. 완성하기까지 얼마나 걸렸습니까?"

"몇 년이요."

올라프는 목숨이 위태로워질 순간이 올 것임을 예감했던 것이 틀림없었다. 어지간히 확고한 동기가 없다면 누가 이런 통로를 파고 있겠는가.

통로 끝에 다다르자 문이 두 개 나타났다.

"이 문은 은행으로 통하고 저쪽 문은 길로 연결되어 있어요."

"은행부터 시작하는 게 맞는 순서인 것 같군요."

누구나 꿈꾸던 일이 벌어졌다. 은행 금고 안으로 들어가 배낭에 돈을 꽉꽉 채우는 것. 내 인생 최고의 순간이었다. 배낭이 터질 지경이 되자, 지그리드가 나를 말렸다.

"그만 담아요. 둘이서 그걸 다 어떻게 날라요?"

두 번째 문을 열었더니 신문 가판대와 빈병 수거함 사이로 남의 눈에 띄지 않게 나올 수 있었다. 탁월한 선택이었어. 올라프, 자넨 역시 대단해. 나는 등을 내리누르는 지폐의 무게에 도취된 채 지그리드를 차 있는 곳으로 이끌었다.

시동을 걸고 정처 없이 운전을 했다. '그 외 방면'이라
는 표지판이 나올 때마다 그 방향을 따라갔다.

"어디로 가는 거예요?" 지그리드가 물었다.

"두고 보면 압니다."

나 역시 두고 보아야 했다. 어디로 가는 건지는 나도 모
르고 있었다.

"은행에서 돈을 가져온 건 이번이 처음입니까?"

"당연하죠."

"뭐가 당연해요?"

"여태까지는 그럴 필요가 없었으니까요. 올라프는 제
게 부족한 것 하나 없이 다 채워주었어요. 게다가 저 유명
한 올라프의 현금카드도 가지고 있고."

"하지만 은행을 터는 묘미가 있잖아요!"

"그런 생각은 한 번도 해 보지 않았어요."

묘한 여자로군.

지그리드는 소리 없이 울고 있었다. 미련하게도 나는
왜 우느냐고 물었다.

"올라프가 죽었잖아요."

"올라프가 그리워질 것 같은가요?"

"그래요. 남편을 자주 보진 못했지만 우리가 함께 보낸

순간들은 정말 소중한 시간들이었단 말예요."

'그 외 방면' 표지판을 따라가다 보니 우리는 북쪽을 향해 달려가고 있었다.

"어디로 가는지 알겠네요." 눈물범벅이 된 얼굴로 미소를 지으며 지그리드가 말했다. "스웨덴으로 가고 있군요."

"맞아요." 얼떨결에 나도 맞장구를 쳤다.

"당신도 나만큼이나 그 나라가 낯설겠죠."

"물론이죠. 우린 올라프의 자취를 따라 순례여행을 하고 있는 거예요."

"고마워요. 그렇게 말해 주시다니, 감동 받았어요."

우리는 벨기에, 네덜란드, 독일을 지나 마침내 덴마크를 가로질렀다. 거기에서부터는 수많은 다리를 건너고 섬을 통과해야 했다. 마치 바다 위로 차를 몰고 가는 것만 같았다.

스웨덴 땅은 신성해보였다. 그 거룩한 땅을 스치는 재규어의 타이어도 전율했다.

스톡홀름의 바사 그랜드 호텔에서 나는 지그리드에게 밥티스트 보르다브의 직장에 전화를 걸어봐 달라고 부탁했다. 그녀는 내가 적어준 전화번호를 누르고 스피커폰

기능을 작동시켰다.

"보르다브 씨와 통화할 수 있을까요?"

침묵. 잠시 후 내가 아는 목소리가 흘러나왔다. 새침데기 노처녀 멜리나였다.

"죄송합니다만, 보르다브 씨는 지난 토요일에 돌아가셨어요."

"네?"

"집에서 심장마비를 일으켰어요. 다른 분을 바꿔드릴까요?"

"아뇨."

지그리드가 전화를 끊었다.

"올라프가 아니라 당신이 죽은 걸로 되어 버렸군요."

"그래요. 이제 난 올라프 질더로 살 수밖에 없어요. 물론 당신이 허락해주어야 하겠지만."

나는 지그리드와 결혼식을 올릴 필요가 없었다. 나 대신 올라프가 이미 다 해 두었으니까. 다행이었다. 행사라면 언제나 나는 치를 떨었다. 격식을 차릴 필요도 없이 나는 지그리드의 남편이라는, 모든 남자들이 부러워할 만한 위치를 차지하게 되었다.

우리는 스톡홀름 바사 그랜드 호텔의 스위트룸을 거처로 삼았다. '참 검소한 살림이로군.' 믿기지 않는 내 처지를 돌이킬 때마다 이런 생각이 들었다. 방값은 일주일에 한 번, 현금으로 치렀다.

베르사유에서 훔쳐온 돈을 전부 환전하기까지는 시간이 꽤 걸렸다. 돈을 전부 바꾼 다음 나는 지폐뭉치를 악어 가죽 가방에 가지런히 담아 미리 약속을 잡아둔 HSBC 스웨덴 지점으로 갔다. 은행 간부 한 명이 나를 정중하게 맞아주었다.

"계좌를 하나 개설하려고 왔습니다." 나는 가방 안의 내용물을 보여주며 이렇게 말했다.

상대는 눈도 꿈적거리지 못하다가 수화기를 들더니 누군가를 호출했다. 그리고는 나에게 전문가가 와서 돈을 세고 검사해 볼 것이라고 말했다.

"당연히 그러셔야죠." 나는 그가 권한 시가를 받아 물었다.

웬 남자가 들어오더니 가방을 들고 나갔다.

"한 30분쯤 걸릴 겁니다." 은행 간부가 말했다.

그는 그 30분을 나와 이야기하는 데에 할애했다. 하긴, 나처럼 돈 많은 고객은 잘 알아두는 게 좋을 테니까. 나는 태어난 지 얼마 되지 않아 스웨덴을 떠났고 그 때문에 모국어를 할 줄 모르는 거라고 말했다. 그는 그 많은 돈이 어디서 나왔는지 묻고 싶어 안달을 하면서도 너무 노골적으로 보일까봐 걱정하는 눈치였다. 나는 아량을 베풀어 그 궁금증을 풀어주었다. 파리에서 현대 미술 재단을 세웠고 거기서 한 밑천 단단히 잡았노라고.

"현대 미술이라." 마치 그 단어에 해답이 들어 있기라도 한 듯, 그는 이렇게 중얼거렸다.

"제가 가장 애착을 느끼는 대상이죠."

"그런데 무슨 이유로 고국에 돌아오실 결심을 하셨습니까?"

"스톡홀름에도 현대 미술 재단을 세우고 싶었죠. 제 재산으로 덕을 보는 게 프랑스 사람들로 한정된다는 건 불공평한 것 같다는 생각을 했습니다."

너무 건방진 게 아닐까 싶을 정도로 당당하게 이야기를 한 것이 엄청난 효과를 발휘했다. 나는 돈벼락을 맞은 벼락부자의 이미지에 맞도록 거드름을 피우며 대화를 이어나갔다. 은행 간부는 이제 나를 철석같이 믿고 있었다.

검사관이 가방을 도로 들고 들어오더니 이제 나의 사업 파트너가 되고자 안달하는 은행 간부에게 종이 한 장을 건넸다.

"여기에 사인을 좀 해 주시면 감사하겠습니다, 질더 씨."

나는 HSBC에 여덟 자리 숫자의 금액을 예치했다는 사실을 입증하는 서류 맨 아래에 사인을 했다. 얼굴 표정 하나 변하지 않고.

수표책과 신용카드가 발급될 때까지 나는 올라프의 현

금카드를 썼다. 지그리드가 그 카드를 무한 권력의 징표로 나에게 봉헌해 주었다. 그 무한이 어디까지인지는 모르는 편이 나을 것 같았다.

"도둑놈과 사는 게 싫지 않은가요?" 지그리드에게 물어보았다.

"신원을 훔치는 거에 비하면 돈을 훔치는 건 아무것도 아닌걸요."

"왜 날 떠나지 않아요?"

그녀는 나를 품에 안고 바보 같은 질문은 이제 그만 하라고 했다. 나는 그 말을 명심하기로 했다.

거짓말에는 이상한 능력이 있다. 즉, 거짓말을 지어
낸 당사자가 거짓말에 끌려 다니게 된다는 것이다.

박물관이나 미술관을 끔찍이도 싫어하던 내가 그런 곳
에 부지런히 드나들게 되었다. 지그리드한테서 현대 미술
에 관한 열정이 옮은 것 같았다.

발동이 걸린 건 패트릭 건즈(Patrick Guns)라는 벨기에
미술가의 〈나의 마지막 식사〉라는 전시회에서였다. 언뜻
보기에 그의 작품들은 현대 미술에 관한 내 지론에 딱 맞
아떨어지는 것들이었다. 약간 따분한 사진에 재미없는 설
명을 붙인 것들.

지그리드가 설명을 해주었다. 미국 텍사스의 한 교도소
웹사이트에서 사형수들이 형 집행 전날 밤에 신청한 마지

막 식사의 내용을 공개했다는 것이다. 공개 의도는 불순했다. 무시무시한 범죄자들이 마지막으로 먹고 싶어 한 꿈의 음식이 시시하기 짝이 없다는 점을 강조해 그들을 비웃으려는 처사였던 것이다.

패트릭 건즈는 그 처사에 격분한 나머지 상황을 뒤집어 보기로 했다. 치즈버거와 브라우니에 대한 환상이 존중받아 마땅하다는 판단을 내린 그는 지구상에서 가장 실력이 쟁쟁하다고 알려진 요리사들을 찾아다니며 그 음식들을 멋지게 만들어달라고 부탁했다. 물론 불행한 사형수들은 그런 호사를 누리지 못했다.

건즈는 그 음식 옆에 요리사를 세워 두고 사진 촬영을 했다. 그리고 사형수가 요구한 메뉴를 낱낱이 적고, 그 사형수의 이름과 형 집행일을 덧붙였다. 가로 1미터, 세로 80센티미터로 인화되어 나온 사진 속에는 필름 원판의 거의 전체를 차지하고 있는 감자튀김의 반질반질한 기름기가 생생하게 표현되어 있었다.

포도주나 맥주를 요구한 사형수는 한 명도 없었다. 술 종류는 아예 보이지도 않았다. 그들이 요구한 음료는 주로 우유, 아이스티, 콜라 등으로 음식만큼이나 유치한 것들이었다. 희귀하거나 비싼 음식을 요구한 사형수들도 거의 없었다. 속을 든든히 채울 수 있는 고구마나 양배추 샐러드가 더 좋았던 모양이었다.

L.D.W.라는 사형수의 주문서에서 나는 놀랄 만한 것을 발견했다.

"다이어트 콜라를 달라고 특별 주문을 해놨네요." 지그리드를 보며 내가 말했다.

"그게 어때서요?"

"때가 때이니만큼, 몸매 걱정은 잊을 것 같은데. 안 그래요?"

지그리드는 잠시 생각을 해 보더니 이렇게 대답했다.

"저는 죽는 날 가벼운 몸으로 죽어야겠다고 생각한다는 게 아름답게 느껴지는걸요."

만일 내가 지그리드를 아직 사랑하고 있지 않았다면, 그 말 때문에 그녀에게 반하고 말았으리라.

나는 그녀 곁에서 물러나 다른 사진들을 보고 메뉴들을 꼼꼼하게 읽었다. 서서히 내가 감동하고 있다는 것을 깨달았다. 다음날 사형을 앞두고도 생존의 원초적인 기쁨들을 되살리려는 인간의 욕구는 막을 수 없다는 사실을 확인하자 충격이 몰려왔다. 으깬 감자, 애플파이, 혹은 밀크셰이크에 대한 욕구는 막을 수 없었다.

패트릭 건즈는 미술관 관계자와 이야기를 나누고 있었다. 나는 열렬한 찬사를 퍼부으며 그에게 접근했다.

"요리 대가들이 만든 음식을 진짜 사형수들에게 제공하는 게 가능하다고 보십니까?"

"생각은 해 봤죠. 불행하게도 미국 교도소측에서 안 된다고 하더군요."

"그럼 그런 음식을 만드는 건 쓸모없는 일이 될 수도 있겠네요?"

"아니죠. 그건 예술이 감당해야 할 역할의 일부입니다. 정의를 박탈당한 사람들의 권리를 되돌려주는 것. 레스토랑의 본래 의미를 알고 계십니까? 복원한다는, 뭔가를 회복한다는 뜻이죠. 레스토랑계에 있는 요리사들은 이름에 걸맞은 일을 하고 있는 겁니다. 사형수들의 인간성을 회복시켜 주는 일을 할 수 있는 것이지요."

방명록을 들춰보았다. 간간이 분통을 터뜨리는 난필이 눈에 띄었다. "정신병자!" 혹은 "굶어죽는 사람들에게 먹을 걸 주는 게 낫지!" 더 심하게는 "나는 사형제도에 찬성한다." 등등. 이렇게 숭고한 예술은 언제나 벼락 같은 혹평을 받기 마련이다.

이를 계기로 나의 사명을 확실히 깨달은 나는 건즈의

작품을 여러 점 사들였다. 그것이 올라프 질더 현대 미술
재단이 최초로 구매한 작품들이었다.

스톡홀름의 미술관들을 드나들며 재능 있는 작가들을 발굴해내는 것이 나의 새로운 생활로 자리잡아갔다. 나는 가격에 상관없이 감흥을 일으키는 작품들을 모조리 구입하는 미술계의 거물로 입지를 굳혀나갔다.

둘째가라면 서러울 정도로 혁신적인 현대 미술 작품들과 바사(Vasa) 스타일이 전혀 어울리지 않는다는 것은 차치하고서라도, 호텔 스위트룸에는 더 이상 그림과 조각상을 들여놓을 공간이 없어지고 말았다. 아파트 몇 군데를 보러 다니던 지그리드가 마침내 스톡홀름의 빈민가로 나를 불러냈다.

그녀는 내 손을 잡아 이끌며 문을 하나 열고 길게 뻗은 궁색한 복도를 가로질렀다. 복도 끝에 이르자 나더러 눈을 감으라고 했다. 어딘가로 들어가는가 싶더니 몇 걸음을 더 뗀 후에 마침내 그녀가 눈을 떠도 좋다고 했다.

나는 빈 공간이라는 개념을 믿을 수 없으리만큼 정확하게 표현해 내는 어마어마한 공간의 한복판에 서 있었다. 칸막이 벽 없이 탁 트인 공간이라 어느 누구도 여기가 창고의 맨 위층이라고 생각지는 못할 것 같았다. 그 크기며 배치며 벽에 튀어나온 기둥이며 신비스러운 분위기가 아부심벨 신전을 연상케 했다. 나는 이곳에 아부심벨 신전이라는 이름을 붙이고 값을 알아보지도 않은 채 곧장 사들여버렸다.

우리 소유의 공간이 생기자 나는 소장품들을 그리로 옮겼다. 아직 가구가 없었으므로 아파트는 꼭 박물관처럼 보였다. 나는 지그리드와 함께 바닥에 앉아 비현실적인 궁전을 바라보았다.

"이제 여기가 우리 집이네요."

"침대가 하나 있어야겠어요." 지그리드가 대답했다.

"아니면 석관을 두 개 들여놓든지."

지그리드가 도굴 이전의 아부심벨 신전을 닮은 우리의 신전에 가구를 하나씩 사들였다.

이런 식이다 보니, 나의 은행 계좌는 봄볕에 눈 녹듯 슬

슬 축이 나고 있었다. 안토니 곰리(Anthony Gomley)의 작품 하나 가격이 얼마인지만 봐도 알 수 있으리라. 현대 미술품은 상상 이상으로 비쌌다. 올라프의 현금 카드 역시 더 이상 나의 청을 들어주지 않았다.

어느 날 HSBC 은행의 내 재정 담당자가 전화를 걸어왔다. 2년 전에 맡긴 예치금에 버금가는 빚이 있다고.

"아, 그래요." 나는 이렇게만 대답하고 말았다.

나는 전화를 끊고 파라오급의 빚을 계속 늘려나갔다. 위험 따윈 없었다. 은행들은 어마어마한 빚을 진 고객에게도 백만장자 고객에 버금가는 집착을 보인다. 특히 그 빚이 크면 클수록 더 그렇다. 은행 간부들은 한때 굉장한 재력을 자랑하던 사람이라면 곧 재기할 수 있다고 믿어 의심치 않는다. 빚을 지는 이유는 투자를 했기 때문일 뿐, 자기들의 용감한 고객은 미래를 내다본다고 굳게 믿는다. 야심만만한 그의 현대 미술 재단이 증명해보이고 있지 않은가.

지그리드와 나는 지구상에서 제일가는 강대국들의 경제논리를 개인 차원에서 재현해보이고 있었다. 우리가 공식적으로 진 빚은 우리 알 바가 아니었다. 우리는 왕자의 특권, 면책특권을 누리고 있었다.

슈네브의 하수인들에게 발각되지는 않았으나 완벽하게 안전하다고는 할 수 없었다. 다모클레스의 칼날이 우리의 행복을 위협하고 있었다. 우리는 비극적일 정도로 평온한 삶을 사는, 아무 일 없는 사람들은 맛볼 수 없는 발작적인 경련 상태를 경험하고 있었다.

겨울날 아침이면 지그리드는 북극으로 데려다 달라고 부탁을 하곤 했다. 북극에 가려면 한 나절 이상을 차로 달려 노르웨이 국경을 지나 해안으로 가야 했다. 군데군데 바다가 얼어 있었고 섬은 더 이상 섬이 아니었다. 발에 물을 묻히지 않고도 섬으로 건너갈 수 있었으니까.

지그리드는 백색의 풍경을 한없이 바라보았다. 그녀가 무슨 생각을 하는지 알 수 있을 것 같았다. 내게 그 백색은 내가 막 끝낸 책의 첫 페이지였다.

샴페인처럼 톡 쏘는, 드라이한 소설

누군가가 내 집의 거실에서 죽는다면? 당연히 의사나 경찰을 불러야겠지만 일을 조용히 처리할 수 있는 방법이 있다. 바로 시신을 부축해 택시를 불러 타고 응급실로 직행하는 것이다. 병원에 도착하면 사망한 이가 택시를 타고 오는 도중에 죽은 것으로 처리될 수 있다. 하지만 우리의 주인공은 경찰도 택시도 부르지 않았다. 죽은 이의 신원을 훔쳐 새로운 삶으로 뛰어들고 말았던 것이다. 언제나 기발한 상상력으로 우리를 놀라게 하는 아멜리 노통브의 새 소설은 이렇게 시작된다.

공식적으로 발표된 것으로는 열일곱 번째 작품이지만 노통브는 이번 작품이 예순세 번째 소설이라고 밝히고 있다. 글을 쓰는 것에서 존재 이유를 찾는다는 글쓰기광다운 발언이다. 일 년에 평균 3.7편의 소설을 쓰고 그 중에서 단 한 편만을 발표한다는 작가는 다작(多作)하는 작가가 빠지기 쉬운 비슷비슷한 소재와 주제라는 함정에 빠지는 법이 없다. 물론 여태까지 발표한 작품들 중에 자전적인 이야기가 많은 부분을 차지하고 있기는 하다. 그러나 그런 작품들을 제외하고도 열 편이 넘는 소설 작품들은 하나같이 기발하고 참신하다. 작품 하나하나가 독특하기 때문에 역자는 오히려 새 작품 속에서 전작들과의 연결고리를 찾아보는 즐거움에 탐닉하는 편이다.

이번 소설을 통해 작가가 말하고 싶은 것은 자기 자신이기를 그만두고 진정한 휴가를 가져 보라는 것이다. 우리를 구속하는 일상에서 벗어나 보자는 것. 그런 휴가에 어울릴 만한 작품을 선물하고 싶었던 것일까. 2008년 발표작 『왕자의 특권』은 초창기의 작품들보다는 훨씬 가볍고 세련된 느낌이다. 소설 속 샴페인처럼 톡 쏘는, 특히나 여주인공이 즐겨 마시는 뵈브 클리코처럼 드라이한 맛이 난다. 즐겁게 음미해 보시기 바란다.

허 지 은